結　婚

橋本　治

集英社文庫

目次

結婚

第一章　倫子と花蓮

一　ミカン箱を抱える性

まだ春が春のままで留《とど》まっているような頃だった。古屋倫子《ふるやりんこ》は会社帰りに寄った店で、同僚の大橋花蓮《おおはしかれん》に「卵子老化って知ってる？」と言った。

「男子？　廊下？」

まだ二十七歳の花蓮がとぼけたことを言ったので、一足先に二十八歳になってしまった倫子は、相手に分からせようとゆっくり、「卵子、老化」と言った。

会社帰りの若い客で賑《にぎ》わっている安いイタリア料理店の客席で、たやすく口に出せるような言葉ではない。しかしだからと言って、どこで口にすればいいのかは分からない。

会社の休憩時間にそれを言うのか？　電話やメールで「卵子老化って知ってる？」と聞くのか？　なんであれ、出会い頭にいきなり口にするような言葉ではない。

「なにそれ？」と花蓮が言ったので、「伝わることは伝わったな」と思う倫子は、「聞いたことない？」と聞き返した。

「卵子って、あれでしょ？」と言って、花蓮は少し考えた。

「聞いたことあるかな？　ないような気がするけど――、あれでしょ？　それが老化するってことなんでしょう？」

「老化って、いくつくらいですると思う？」と倫子が言うと、花蓮は「五十？」と言った。

「それじゃ閉経よ。老化でもなんでもないじゃない」

「じゃ、いくつ？」

「三十五――」

　そう言ってから倫子は気を持たせるような間を置いて、「卵子老化」のなんたるかを話し始めた。

「女が三十五を過ぎると、妊娠しにくくなるのよ」

「どうして？　四十過ぎて子供産んでる人って、いくらでもいるじゃない」

「いるけどさ、でも三十五を過ぎると妊娠しにくくなって、それは卵子の老化のせいなんだって。三十五を過ぎたら、もう高齢出産になるのよ」

「嘘《うそ》――」と言ってから、花蓮は少し考えた。「言われてみりゃそうなのかもしれないな」というような気もして、「三十五を過ぎたら高齢出産」という倫子の言葉を呑《の》み込んだ。

「卵子ってさ、生まれたときにもう数は決まってんのよ。それがさ、ちょっとずつ減ってくのよ。生理が始まって一個ずつ排卵されて消えてくんじゃなくて、生まれる前には何百万もあった卵子がさ、自然に消えてって、初潮が始まる頃には二十万くらいになっちゃうのよ」

「二十万て、それでも多くない？　十二で生理が始まって四十年間続いたとしてさ、そんなに数はいらないでしょう？」

「あんたの言うことを計算するとさ、四百八十個もあればいいってことよね」

「そうだよね」

「ところが、女の体はそう単純なもんじゃなくてさ、四百八十個くらいじゃ全然足りないのよ」

　倫子の言った「女の体」という言葉に反応したらしく、斜め前のテーブルにいた女が、倫子の方をはっきりと見た。それだけは分かったが、話に入り込んでしまった倫子はブレーキを掛けられない。

「二十万個あるっていうのは、排卵予備軍の卵子なのよ。一杯あるのから選ばれて、生き残ったやつだけが排卵のステージに上がるのよ。いくらＡＫＢの数が多いからって、すべての女の子がＡＫＢになれるんじゃなくてさ、なれない子は消えてくでしょ。体の中にＡＫＢ劇場があってさ、月に千個くらいの卵子は消えてってて、最終選考に残ってステージに上がれるのは、毎月千分の一なのよ」

「なんかこわいね」

「こわいでしょ？」

「こわいけどさ、その計算で行くと、生理ってすぐ終わっちゃうよ」

「どうして？」

「だって、在庫が二十万個で、一個出荷するたびに損失分も含めて千個が必要なんでしょ？　だったら、二十万割る千は二百だから、すぐ終わっちゃうよ。四百八十の半分以下だもの」

言われて倫子は、「ほんとだ――」と言うしかない。

「でしょ？」

「うん」

花蓮は別にバカな女ではない。普通以上の頭の女だ。

「どこでそんなこと知ったの？」と、花蓮は言った。

「本で読んだ」と倫子は答えた。

「テレビでやってたんだよ、ＮＨＫで。偶然見てさ、〝え⁉〟と思って。そしたら本屋に『卵子老化のなんたら』って本があったから、買ったの」

「恥ずかしくなかった？」

「ちょっとあったけど、別に私が卵子老化させてるわけじゃないからさ、知らない顔して表紙裏返しにして出した」

「そうだよね」

「それで、その本に書いてあったのよ。初潮段階になるともう二十万個で、その在庫が月に千個ぐらいずつ消えて行くって――」

「でもそれだと、二十年もしないで生理は終わっちゃわない？」

「そうか？　そうだよね。私だってもうすぐ終わることになっちゃうよね」

「それっておかしくない？」

「おかしいよ。私、なんか読み間違えたかな？」と言って、倫子はすぐに「でも――」とつなげた。

「数字はともかくなんだけどさ、卵子は消えてくのよ」

「なんで消えるの？」

「なんでかは知らない」

斜め前の席の女は、さっきから時々チラッと倫子達の方を見る。それで倫子は、「あんたは女じゃないのかよ」と言うつもりで、その女の方に視線を向けて、「知らないけど、女の体はそうなってるんだって」と思いきり言ってやった。

倫子や花蓮よりやや年上で、メイクをバッチリ直して年下と思われる男二人と一緒に席についていた女は、それきり倫子の方を見なくなった。その代わりにウエイターがやって来て、「もう少しワインはいかがですか?」と聞いた。「いる?」と倫子が言うと、花蓮は首を振った。それで倫子は、ウエイターに手を振って「あっちへ行け」の合図をする代わりに、「いいです」と言った。ウエイターは、なんにでも親しげな顔で入り込んで来るような、愛想のいい若い男だった。

倫子は、男が去るまで待った。それほど広くない店内は人で賑わっていて、人声で満ちていて、他人の話に聞き耳を立てているような人間はいないはずだった。「いてもいいさ、こっちは重大な話をしてるんだから」と思う倫子は、まだ食べ終わってはいないアンティパストの皿が並ぶテーブルに身を乗り出して、それでも声を抑えて、「重大な話」を続けた。

「数は分かんないけどさ、私達は卵子の在庫物件を抱えて生きているわけよ。生まれた後じゃもう新しい卵子は出来ないって、知ってる?」

「なんとなく。学校で習ったから。でも、最初は何百万で、それがどんどん減ってくって話は知らなかった。どんどん減ってくんでしょ? 数は知らないけど」

「そうだよ。でもそれだけじゃないのよ。年取ってくと、在庫の卵子が古くなってくのよ。年取ってから老化するっていうんじゃなくて、初潮の段階でもうそっちの方向に行って、三十五を過ぎたら、〝老化〟なのよ」

「老化すると、どうなるの？」

「妊娠しにくくなるの。というか、妊娠しにくい卵子が増えて来るから、三十五を過ぎると、自然妊娠をする確率がぐっと減っちゃうの。それから、染色体の本数異常が起こる確率も高くなるんだって」

花蓮は、「だからどうしたの？」と言いたそうな顔をしていた。「関係ないじゃない」というのではなくて、「いきなりそんなことを言われても、どうリアクションを取ったらいいのか分からない」という表情だった。

倫子は言った。

「ま、そういうことなんだけどさ、私が言いたいのは、じっとしていても卵子が老化して行くってことよ。こわくない？　こわいよね？　いやじゃない？　いやだよね」

花蓮は「うん」と言った。

「私、そういうこと知ってさ、なんでみんな平気なんだろうと思ったの」

倫子は、いきなり「卵子老化って知ってる？」と言った自身を振り返った。

「平気っていうかさ、知らないいんじゃないの、みんな」

「こわいよね？　いやだよね？」と尋ねられて「うん」と言ったわりに、花蓮の表情は平静だった。

「私はみんなに知ってほしいのよ」と倫子は言って、話を続けた。

「その本に書いてあったんだけどさ、卵子の老化って、ミカン箱の中のミカンみたいなのよ」

「なにそれ?」

「ミカンてさ、箱のままで買うと、下の方が腐ってくるじゃない?」

「そうなの?」

「そうだよ」

「ミカンて、家じゃそんなに買わないけど、箱でなんか買ったりするの?」

「買うよ。買わなくたって、お歳暮かなんかで誰かが送って来たりするのよ」

「そうなんだ」

「そうだよ」

「そのミカンて、どういう箱に入っているの?」と花蓮が言うので、倫子は両手で抱えられるような大きさを示して、「これくらいの段ボール」と言った。

「重くない?　そんなにミカン買うの?」

「買うよ。買わなくたって、誰かは送って来る——」

「そういう箱にミカンが一杯入ってるわけ?」

「そうだよ。白い段ボールの箱の中に。きっちり並んで入ってるよ」

「そんなにあったら、食べる前に傷んじゃわない？」

「だから、私はそのことを言ってるんだって。上の方から取って食べてくでしょ？　そうすると下の方にあるのなんて傷んじゃってさ、溶けちゃったりカビが生えたりするのよ。知らなかった？」

「知らなかった」

「うちのお母さんなんか、傷んだとこ取って、平気で残りの半分食べてるよ」

「大丈夫なの？」

「昔からそうだから、平気みたいよ」

「大丈夫なんだ？」

「そうみたいよ」

「知らなかった。ミカンを箱で買うとかさ、お歳暮にするとかもさ、今初めて聞いた」

花蓮は東京都内の出身で、倫子は千葉県の下総《しもうさ》台地の端の方の出身だから、そんなことを言われてしまうと、「東京の方じゃ違うんだ」と思ってしまう。

そこへパスタの皿を持ったウエイターがやって来る。

「カルボナーラはどなたで？」と言うので、倫子は「私――」と手を挙げた。倫子の前に湯気の立つスパゲティ・カルボナーラの皿を置いたウエイターは、緑色のスパゲテイ・ジェノヴェーゼを花蓮の前に置いて去った。

「ここのカルボナーラおいしいよね」と、カルボナーラを頼んだわけでもない花蓮に倫子が言ったのは、太るのが分かっている高カロリーのものであっても、濃厚で温かいものを食べて、体の中を癒したいという思いがあったからだった。一人で「自分の体の中には傷み始めるミカンの入った箱がある」などと考えるのは、体によくない。

二人は黙ってパスタを食べ始めた。話は中途のままだが、やがて腐敗の進行しそうなミカン箱を抱えたまま濃厚でクリーミィなパスタを食べても、なんだか落ち着かない。落ち着かないのは自分のせいだが。

花蓮のように「傷んだミカンなんか知らない」と言えるのならいいけれど、倫子は傷んだミカンを知っている。その部分を除《の》けて、傷んだミカンを平然と食べる母親も知っている。「高齢出産というのは、傷んだミカンの傷んでいないところを平気で食べるウチの母親みたいなもんだろうか？」と、余分なことを考える。

「なんだってあの本は、卵子の老化のことを〝箱一杯のミカン〟なんかにたとえたんだろう？」と思う。「毎月千人の女の子がアイドルになるのをあきらめて消えて行く、でいいじゃないか」と思っていると、ジェノヴェーゼをフォークで巻いていた花蓮が、

「つまりさ、私達は腐るかもしれないミカンの入ったミカン箱を抱えてるってこと？」

と言った。

「そうだけどさ、その話、後にしない」と倫子は言った。

花蓮は「いいよ」と言って、パスタを巻いたフォークを口に運んだ。その口を動かしてから、「ミカンよりもさ、冷蔵庫に入れといたイクラがおかしくなったっていう方がよくない？」と言った。

「なにをまァ――」と思う倫子は、パスタを口にしたまま花蓮の顔を見たが、「言われてみればそうか」という気がして、そのままコクンとうなずいた。自分の体の中に重いミカン箱を抱えているより、自分から離して冷蔵庫に入れておいた方が気が楽になる。

「そういう考え方もあるんだ」と思って、倫子は口の中のパスタを咀嚼《そしやく》した。そして、「その話、後にしない」と言ったにもかかわらず、「その話」を続けてしまった。

「ミカンでもイクラでもいいけどさ、その話ってこわくない？」

「腐るってことがでしょ？」と、花蓮も了解した。

「そう」と倫子が言うと、「結婚するしかないよね」と花蓮は言った。

倫子はフォークの先でパスタの皿を軽く叩《たた》いて、「そうなのよ、そこなのよ」と言った。

肝心なのはそこなのだが、しかし倫子には今のところ結婚相手がいない。二年くらい前からいなくて、二十八になった途端、「卵子は老化する」というショッキングな事実に出会った。三十五はまだ先だとして、三十はもうすぐだ。「卵子の老化」などということを知らずにいた前は、ただ「もうすぐ三十だな」と思って、「三十になってもどうってことはない」と思っていたけれど、「三十五から卵子は老化する」などと言われてしまうと、「もうすぐ三十」の横で赤い警報ランプが回っているような気がする。

二十八になったばかりの倫子にとって、三十から上の年齢はまだ先だが、そういう考え方をしてしまえば、「三十も三十五も似たようなもの」なのだ。「どうしよう――」という事態がすぐそこにまでやって来ているような気がする。「三十になったってどうってことはない」と思っていても、その「どうってことはない体」の中で、貯蔵されている卵子が少しずつ老化して行くというのは、根源的な恐怖に近い。「そんなことはない」と思って首を振ろうとしても、自分の体の中に卵子となるものが貯蔵されているのは確かなことだ。

今までそんなことを考えたことはなかったのに、「卵子の老化」を言われ、その事実を実感してしまった後では、年齢というものが体の奥で刻まれて行って、人間が体の内側から年を取って行くのだということを意識せずにはいられない。「こわい」と言うのなら、その見えないところで進んで行く老化がこわい。顔の皺《しわ》なら保湿クリームがあるし、ファンデーションもある。でも、見えない内側の「女の深層」に対しては、手の打ちょうがない。

卵子にアンチエイジングは効かない。その以前にそもそも、卵子というものはアンチエイジングと無縁のところにある。それは黙って時を刻んで、「あなたはどうするの？」と決断を迫って来る時限爆弾のようなものだ。「あなたはどうするの？」と言い続けて、その声は止まらない。いつかその声は止まるのだろうが、止まった先のことなど考えたくはない。その時限爆弾を解除する方法は、シングルマザーになる気がなかったら、結婚をする以外にないのだ。

二　結婚て、どう考えてる？

「結婚て、どう考えてる？」と倫子は言った。

「どうって？」と、花蓮は尋ね返した。

「鴨志田《かもしだ》くんとはどうなの？」と倫子は聞いた。ようやくパスタを食べながらにふさわしい話になった。

花蓮は顔を上げず、ジェノヴェーゼの皿と自分のフォークの先を見たまま、「どうなのかな」と言った。

「だって、付き合ってんでしょ？」

「付き合ってるけどさ、結婚相手としてどうなのかって考えたら、〝どうなのかな？〟としか思えない」

「どうして？」

「ただ、そうなのよ。結婚て考えてないっていうより、彼と結婚する可能性みたいなことを、考えるのを避けてる」

「どうして？」

「ただそれだけよ。彼が〝結婚しないか？〟って言ったら、その時考える」

「どうして？」

「だって私の中にさ、彼と結婚したい気ってないもの」

倫子はクリーミィなパスタを一本、チュルチュルと吸い込んだ。

「分かってんだよ」と、スプーンとフォークを置いた花蓮は言った。

「私だってもう適当な年だしさ、結婚のこと考えた方がいいって思ってるんだけど、私の方からじゃなんとも言えないでしょ？　いい人だと思うし、付き合ってて楽しいけどさ、結婚て、それだけじゃないじゃない。結婚して彼だけになった時、彼に満足してられるかどうか分かんないじゃない？　彼の給料だけでやってけるとは思わないから、私だって働かなきゃいけないわけでしょ。そういうことをやって辛抱出来る相手かなって、微妙なクエスチョンなの。そうなったら忙しいに決まってるし、続くかなって――。もちろん、一人で考えてるだけで、そんな話、彼とはしてないよ。彼が私と結婚したがってるのか、それを避けたがってるのかも分かんないしさ。だから、考えてないの。考えると、彼よりいい人がいるんじゃないかなとか思っちゃうの。そう思うと、別に私は彼と結婚したいわけじゃないんだし。でも、そんなこと考えてると、私って、高望み女になっちゃいそうな気がしてさ。どう思う？　私と鴨志田くんて、合ってる？」

「鴨志田くん」というのは、花蓮の高校時代の友人の友人で、企画会社に勤めている。暮れの飲み会で知り合ったのだそうだが、見た感じは悪くない。「企画会社ってなにやってるの？」と花蓮に聞いたら、「いろんなことを企画してる」と言った。感じは悪くないが、茫漠《ぼうばく》としている。付き合っている分には楽しいだろうが、結婚相手としてはどうなのか、よく分からない。

「合ってる？」と花蓮に聞かれて、倫子は「あなた次第じゃないの？」と答えるしかなかった。

もちろん倫子には、花蓮の言うことがよく分かる。花蓮の言うことは、二年ほど前の倫子が感じていなければならないようなこととも近かったから。

二年前、まだ倫子が二十五歳だった冬には会社の同僚の男と付き合っていたが、それまで倫子は社内恋愛をしたいとは思わなかった。

倫子と花蓮が勤めるのは、若い男女が五十人ほど入り混じって存在する旅行会社で、男女比では女子の方が多い。だからこそ社内恋愛が多いのは、仕事が忙しい女達に社外の人間と付き合っている時間があまりないからだ。

社員の九割近くは二十代で、女の方はそれなりに年齢を顔に刻んでしまうが、化粧をしていないはずの男の方は、どういうわけか若く見える。イケメン揃《ぞろ》いというわけではないが、若く見える。だから、会社が大学のサークルのようにも見えて、社内恋愛に発展してしまうケースが多い。かなり多い。それもあって、倫子は社内恋愛をしたくなかった。

小学校の時の同じクラスの男子が子供のように見えていたことを、思い出してしまう。そう思う倫子は、学生時代の延長にある男と付き合っていた。それに関しては花蓮も同じだが、「付き合っている」という言葉は曖昧で、付き合っている二人が互いに恋愛感情を抱き合っているかどうかは分からない。「付くもの」だから付いて、「付き合っている」の質はあまり詮索されない。「付き合っている」という当人同士の実感か、あるいは傍《はた》から見る目の実感で、「付き合っている」は決まる。なんとなく「付き合っている」になり、終わるのなら、これまたなんとなく終わる。倫子の場合もそうだった。付き合っていた男との関係は、なんとなく終わった。終わるのは、倫子の仕事が忙しいからだ——そう思っていれば、倫子自身は傷つかない。

倫子の会社の営業時間は、朝の十時から夜の八時までで、社員は九時出社の早番と十一時出社の遅番に振り分けられ、そのローテーションは週毎《しゅうごと》に決められる。休日は週に一度だが、何曜日とは決められていない。「若者の街」にあるオフィスの入ったビルには定休日がない。週に一度の休日は「この週は何曜日にして下さい」と部長に申請して決められる。もちろん、勤務時間が規定の範囲内にすんなり収まるわけでもない。

社員のほとんどは正規雇用だが、店長がシフトを決めるコンビニや居酒屋のバイト店員とあまり変わりがなく、しかもバイトほどの自由がない。社内恋愛が出来るような若くて楽しい雰囲気の職場ではあるが、社外の人間との関係を維持するのがたやすいようには出来ていない。

もちろん、会社というものは自社の社員が社外の人間と恋愛しやすいように出来てはいない。倫子と花蓮が勤める会社に労働組合はないが、たとえあったとしても、労働組合というものは「我々が社外恋愛をしやすいようにしろ」という要求を掲げたりはしない。「するんだったら社内恋愛でいいだろう」ということになっているので、それを「いやだ」と言ってしまうと、社外の人間との「付き合っている」の関係は、いつの間にか終わってしまうようなことになる。

まだ二十五歳だった倫子が立ち消えにしてしまった相手は、大学生だった倫子が就活の会社訪問で出会った、大学の先輩だった。その時はなんともならなかった。倫子は、彼——白戸紀一《しらときいち》——のいた会社に採用されず、旅行会社の社員となったのだが、その一年後に道でバッタリ会った。まだ二十三にはなっていなかった。

白戸に誘われて、倫子は時間を遣《や》り繰《く》りして何度か会った。会って関係を持ってそれきりになった。新人の倫子は忙しかった。白戸に時間を合わせるのは大変で、まだ若い倫子は「出会いなんかいくらでもある」と思っていた。若いのは、白戸の方でも同じだったが。

白戸と倫子が再会したのは、その二年後だった。またしても道でバッタリ会った。倫子は、会社が作成したいくつもの旅行プランをチラシにしたものが入っている袋を、通行人に配っていた。

スーツ姿で人通りの多い駅前の道をやって来た白戸は、「なにしてんだ?」と言って倫子を見た。

「仕事よ」と言って、倫子はチラシの入った袋を白戸に渡した。

「なんだこれ?」と言って、白戸は袋の中を覗《のぞ》いた。白戸は、倫子がリストラにでも遭ったのかと思っていた。

中のチラシを覗き見ている白戸に、「たまには旅行しなさいよ」と倫子は言った。

それには答えず「どうしてるの?」と白戸は言って、倫子は「相変わらずよ」と答えた。

まだ暑い秋の日の下で、二十六歳になっていたはずの白戸は、以前よりも老けて見えた。老けたと言うよりも、色白の肌にひげの剃《そ》り跡《あと》が以前より濃く見えて、セクシャルな感じが強くなっていた。倫子は、白戸の脚のザラついた感じを思い出していた。

自分が今どうしているとは言わない白戸は、「そこら辺でお茶しようぜ」と言ったが、倫子は「仕事中だもの」と言って、すぐ横に立って一緒にチラシの袋を配っている同僚の存在を目で教えた。

白戸は、倫子の同僚の女に軽く頭を下げると、「会社終わった後ならどう？」と声を低くして言った。

「六時くらいなら空くけど」と言うと、白戸は「じゃ、会おうよ」と言った。倫子は、目の前を通りかかった若い男に「お願いします」と言ってチラシの袋を渡してから、「そこにあるドトールで待っててよ」と、すぐそばのビルにあるコーヒーショップを顎で指した。

「私は仕事をしてるのよ」と言いたがっている倫子は、目の前の白戸が自分の名前を覚えているのかどうかも分からないと思っていた。

白戸は、「じゃ、後で来るよ」と言って去った。去りながら渡された袋の中を覗いていたが、旅行に関心があるとは思えなかった。若い男が旅行をするのなら、女がいる。

は思った。

「大学の時の知り合い」と隣に立っていた同僚に言って、「いなけりゃいいな」と、倫子

　白戸の勤務先は知っている。それが変わったかどうかは知らないが、「どうせ遅れて来るだろう」と思う倫子は、約束のコーヒーショップに二十分遅れで行った。先に来ていた白戸は、「古屋――」と言って奥の席で手を挙げた。やって来るまでの間に倫子の名前を思い出したらしいが、倫子の渡した袋を持っていなかったし、鞄《かばん》も持っていなかった。

　二年前の白戸はもう少しきちんとしていたような気がしたが、二年後の白戸を倫子は嫌いではなかった。白戸は、「古屋は誰かと付き合ってるの?」と、名前を覚えていることを誇示するようにして言った。

　倫子は「白戸さんは?」と言って、「フリーだよ」と白戸が言ったので、なるようになった。昔風に言えば「焼け棒杭《ぼっくい》に火がついた」だが、二年前にそれほど強く燃えていたわけではない。二十四歳の倫子と二十六歳の白戸は改めて「大人の関係」を始めて、それは一年以上続いた。

　倫子のスケジュールはままにならないままだったが、二十四歳になった倫子は、もう時間の遣り繰りに振り回されなかった。白戸は既に知っている相手だし、その彼と会う

ためにあくせくする必要もなかった。白戸は鷹揚に構えて、倫子のスケジュールに合わせた。倫子にとって、白戸は不倫相手のようなもので、その時の彼女が二十五や六だったらどうかは分からないが、月に一度くらい会ってホテルへ行くのは、それ以上ではない「当たり前」のことだった。

白戸との関係が始まって、半年もしない内に倫子は二十五になった。二人で誕生日を祝うなどということはなかったが、倫子が「二十五になっちゃった」と言った翌月、白戸は倫子に小さな包みを持って来た。

「なにこれ？」と言って開けて見ると、ブランド物の赤いポーチだった。物が気に入らなかったわけではなかったが、倫子には唐突のような気がした。

「なにこれ？」に対する白戸の答は「やるよ」で、だからこそ倫子は「いいの？」と言ったが、どうあってもそれは「恋人同士の会話」ではなかった。

それが月遅れの誕生日プレゼントであることは確かだが、贈られた倫子は戸惑った。自分と白戸の間に特別な関係があるとも思っていなかった倫子は、「彼にとって私は特別ななにかなんだろうか？」と思うようになった。

二十五歳が格別な年齢だとは思わなかったのに、それが微妙に重くなった。床に敷かれた絨毯《じゅうたん》に皺が出来て、気にはならないのだが、そこを歩くたびに足が引っ掛かるような、そんな気がした。

「彼は私と結婚したいんだろうか？」とは思ったが、花蓮とは違う倫子の答は、「でも、私はしたくないけどな」だった。

二十五を過ぎても、倫子はなんともなかった。白戸との再会から一年がたって、年末年始のツアーを受け付ける秋になったが、暑過ぎる夏が長く続いて、秋の実感は訪れなかった。

支店の部長は年末年始のツアー獲得に精を出すように発破《はっぱ》をかけたが、その前に秋のツアーが伸びない——と思っていたら、突然に遅《おく》れ馳《ば》せの秋がやって来て、急に紅葉関係のツアー申込が増えてしまった。

やって来た秋はすぐに冬の気配をちらつかせ、妙に倫子を落ち着かなくさせた。ホテルの部屋で白戸に抱かれ、服を着た後で妙に「つまらない」という思いがした。見えない冷気がどこかに忍び寄っているような気がした。

その時に、白戸の携帯電話が鳴った。夜の十一時に近かった。

電話に出た白戸は、「おう、おう」とラフな調子でただうなずいていたが、倫子は「女だな」とすぐに分かった。

電話はすぐに終わって、コートを手にした白戸は「行こうか」と言った。

倫子はなにも言わなかった。「一緒に歩いていたい」とは思わなかった。軽く「ふん」と言って、倫子はベッドの端から立った。月に一度の逢瀬《おうせ》の他、倫子は白戸がなにをしているのかを知らない。倫子が知らない間に結婚したというような形跡はないが、倫子のような相手が他にいても不思議ではない。そう思って倫子は、プレゼントにもらった赤いポーチを思い出した。

きれいな赤だった。それが慰謝料代わりの贈り物のように思えた。自分の部屋に帰ってから、そのポーチを捨てた。なにを捨てたか見られたくないので、紙袋に突っ込んで、他のゴミと一緒にアパートのゴミ置き場に持って行った。

その後に白戸から電話があった。「忙しいからだめよ」とだけ倫子は言って、「いつならいい」とは言わなかった。倫子のそっけない言い方に対して、白戸は「あ――」と言った。少しは驚いていたのだろう。それから一週間たっても二週間たっても、一月たっても、白戸からの電話はなかった。「他にいるからいいわけよね！」と、夜に部屋へ帰って、なにかの拍子に倫子は怒った。

正月に実家へ帰って、三歳年上の兄の結婚話を聞かされた。年が明けた四月に結婚する予定だという結婚相手にも紹介された。「好き」とか「嫌い」を思う前に、義理の姉となる女を目の前にした倫子は、「図々《ずうずう》しい」と思った。兄より一歳上の結婚相手は、やがて三十歳になる。だからその前に結婚するのだという話を母から聞いていたせいだった。口に出して揉《も》めるのはいやだったから言わなかったが、「なんでそんなことをする必要があるの？」と倫子は思った――「結婚は、年齢でするものじゃないだろうに」と。

正月休みが終わって会社へ戻り、倫子は明らかに寂しかった。なぜだか分からないが、息子の婚約者を送り出した母親が「あんたもそろそろね」と言ったことが響いている。「私はまだ三十になんかなっていないし！」と言ってから、月が変われば二十六になるのだと思った。この間まで「二十五になった」と思っていただけなのに。

会社に出勤すると、花蓮に「どうしたの？」と言われた。「どうもしてないよ」と言って、「どうもしていないはずだが」と、内心の動揺を抑えた。

一年ばかり付き合っていた男と別れた。兄が三十になる女と結婚する。兄はその女のことを思いやっている。ただそれだけで「どうとかする理由」はない。ないがしかし、空虚さだけは漂って来る。だから、「理由はないが寂しい」と思う。

倫子はぼんやりした欠落感でイライラして、自分にはイライラする理由などないと思っていたが、人がその通りに考えるかどうかは分からない。正月休みを終えて出勤した花蓮に「どうしたの？」と言われた倫子は、そう思う男の目からみれば「落としやすい女」だった。

会社の同僚に漆部《ぬりべ》という男がいた。今では転職していなくなってしまったが、子供の頃は「ヌリカベ」と友達から呼ばれていた漆部は、白戸と同じく倫子より二歳上で、人当たりのいい男だった。

「イケメン」と言えば、その部類に入るような男だったかもしれない。しかし倫子は、漆部になんの関心もなかった。関心はなかったが、関係を持ってしまえば記憶は残る。「もう少しワインはいかがですか？」と言ったウエイターが去った後で、「あんな感じだったな」と、漆部を思った。

正月休みが明けて出社した翌日、キーボードを叩いていた倫子のデスクになにかが置かれた。缶入りの紅茶だった。振り返ると漆部が「よかったら――」と言った。

「毒は入ってないよ」と言って、漆部は「疲れてるみたいだから」と言った。

倫子はなんと言っていいのか分からず、漆部をぼんやり見ていた。漆部は鼻先で倫子をあやすようにして、自分の席へ去った。

やって来た客の席から丸見えになっているオフィス内での飲食は、禁止されている。倫子はデスクに置かれた赤い缶をさわって、その温かさを確かめた。なにかが起こっているのだが、なにが起こっているのかはよく分からない。倫子はそのまま、自分のパソコンにデータの打ち込みを続けた。

続ける内に、ふっとそのことがいやになった。なにもかもがいやになって、モニターに並んでいる文字の列が、囲っている罫線《けいせん》からはずれてバラバラに落ちて行くような感じがした。

やりかけの作業をそのままにすると、赤い紅茶の缶を持ってオフィスの裏にある休憩室へ向かった。そんな自分を漆部が見ているのを知ってはいたが、倫子は恥ずかしくて顔が上げられなかった。

倫子はまだ、自分が恋が苦手な女だとは自覚していなかった。


ドアを開けて休憩室に入ると、倫子はその場に立ったまま缶の飲み口のプルトップのタブを引いて、中の紅茶を一口飲んだ。ミルクティだったらくどかったかもしれないが、甘味を抑えたストレートティは体に沁《し》みた。一口の紅茶が体に沁みるのを感じて、続けてゴクゴクと缶の三分の一を飲んだ。休憩室は無人ではなく、遅れた昼食を摂《と》っている女の同僚が二人いた。

それに気づいた倫子は、手近なところにある椅子の背を引いて、崩れるように座った。

紅茶の缶は手の中で温かかった。

弁当を食べていた女の一人が倫子を見て、「古屋さん、どうかしたの?」と言った。

「なんでもないの」と言う代わり、倫子は黙って手を振った。その場で泣けるのなら泣きたかった。

どう対処していいのか分からない倫子は、その日漆部と口がきけなかった。倫子の担当は国内ツアーで、漆部は花蓮たちと同じ国外ツアーを担当して、同じオフィスでも担当カウンターが分かれている。それが幸いだった。漆部が倫子の様子を見守っているのは知っていたが、倫子はそちらへ目を向けなかった。

早番の倫子は、自分の仕事を片付けるとさっさと帰った。競争原理が導入されている倫子の会社は、やって来た客を見つけた者が、早い者勝ちで自分の客にしてポイントを上げる。そのポイントは給与に反映される。そうやって、働ける者をよりよく働かせるシステムになっているが、その日までは優等生の働き者だった倫子が、退社時間ジャストに席を立った。一人で帰って、一人の部屋に戻って、「なにを食べようか？　なにを作ろうか？」と考えて、漆部にまだ紅茶の礼を言っていないことに気がついた。なにかが口を開けて待っているような気がした。

次の日、出社した倫子は漆部を見掛けて、「昨日はありがとう」と言った。いつまでもへんな借りを引きずっていたくなかった。

倫子はそれで終わりにしたかったのだが、礼を言われた漆部は、「具合よくなった？」と続けた。倫子には、自分の具合が悪かったという自覚がない。どう言えばいいのか困って、黙って頭を下げた。そのまま自分のデスクに戻った。

よその会社の昼休みの時間が過ぎて、ツアーの相談にやって来ていたＯＬ達の姿が消えた頃、漆部が倫子の席にやって来て椅子の背に手を掛け、「お昼、行こうよ」と言った。旅行会社は飲食業と同じで、昼休みが稼ぎ時でもあるから、社員の昼食は「昼の時間を過ぎてから随時」ということになる。漆部は、倫子が自分の席に座ったままでいるのを見てやって来た。

倫子は、「なんで私が?」と声に出さずに言ったが、体を傾けた漆部が「ねェ?」と言った時には、ふらふらと立ち上がってしまっていた。漆部に耳許《みみもと》で囁《ささや》かれる様子を、人に見られたくはなかった。

漆部は「下行く?」と言った。倫子達のオフィスが入っているビルの地下には食品売場があり、イートインのコーナーもある。「そこへ行く?」と問われて、倫子は「いいですよ」と言って歩き出した。その日の朝は起きるのが面倒で、弁当を作って来なかった。

立って歩き出して倫子は、「財布を忘れた」と思って立ち止まった。「どうしたの?」と漆部は言って、倫子は「財布が——」と言った。

「いいよ、出すよ」と、漆部は言った。

次の日の昼、漆部は「よかったら——」と言って、地下の食品売場で売っているサンドイッチを置いた。振り返る倫子になにも言わず、「じゃ」と言うように手を挙げて去った。退社時間が来るとまたやって来て、「晩飯行かない?」と言った。倫子は、「行ってもいいか——」と思った。

晩飯に誘った漆部は、倫子に「なにかあったの？」などとは聞かなかった。倫子の中に立ち入ろうとはしなかった。正月休みに自分の聴いていた音楽の話をしていた。聞かなくてもいい話だったので、倫子には楽だった。

倫子にはなにがあったわけでもない。なにもなかった。ただ、その自分を一人で持《も》ち堪《こた》えているのがしんどかった。漆部と出て行く倫子の様子を、花蓮が見ていた。だからどうだというのではなく、「見ているな」と倫子は思った。

その日漆部は、倫子をホテルに誘わなかった。代わりに「送って行こうか？」と言った。倫子が「大丈夫です」と言って断ると、「じゃ——」と言って去った。漆部は余分なことを言わない。その代わり、そばにいる。

倫子には、「自分はなにかに騙《だま》されているのだ」という実感はあるのだが、そう思いながら一方では、「このまま騙されていたい」という気にもなる。

漆部は細やかな気のつき方をする男で、なにが好きかと言えば、傷ついた女をやさしくもてなしている自分が一番好きな男だった。

漆部は、倫子の中に立ち入って来ない。関係を持っても、特別に印象のあるセックスをしない。別れた後になって、「脚の毛が薄かった」と思うくらいの印象の薄い男だったが、それでもへんな執着だけは感じる。

的な広さを占めるのは、漆部や花蓮が属する国外ツアーのセクションで、国内ツアーのカウンターは、国外旅行の広いカウンターと斜めに向かい合うようにして、オフィスの隅にある。国内ツアーの担当社員の数は少ないからほどほど以上に忙しいが、ふっと顔を上げて国外ツアーのカウンターを眺めてしまう余裕はある。

競争原理が導入されている会社で、漆部の仕事は手早い。新しい客がやって来たのを見ると、すぐにカウンターの外へ出向いて行って、「ご用を承る者がおありですか?」と言って自分の客にしてしまう。客の応対をして予約をゲットして、航空チケットやホテルクーポンの発券をして、客を送り出した後で、その客のデータを顧客カードに入力する。その時間が結構かかるのだが、漆部はそれを手早く片付ける。「どうしてさっさと出来るの?」と倫子が言ったら、漆部は「なぜでしょう?」とだけ言って答えなかった。

漆部は自慢を口にするような男ではない。全身でなにかを自慢している。

その漆部が、やって来た客をさっさとゲットする。その女性客との遣り取りを見ていると、倫子の中には嫉妬が生まれる。女性客を相手にする漆部の様子が、倫子と二人でいる時の漆部の様子とそっくりなのだ。漆部が同じオフィスの同僚と以前に付き合っていたことを、遅れ馳せながらに思い出す。

「もしかしたら、二人分の弁当を作って持って行った方がいいのだろうか？」と、いつの間にか倫子は思うようになった。

しかし、自分の部屋にランチボックスは一つしかない。漆部のためのランチボックスを買いに行って、あれこれと見ている内に虚《むな》しさを感じてやめた。

バレンタインデーが来て、倫子は漆部にチョコレートを贈らなかった。退社後、二人で行った店で席に着いて、漆部は当然「チョコレートは？」と言ったが、倫子の答は「ごめん――」だった。

漆部は倫子の顔を覗き込んで、「怒ってる？」と言った。倫子は怒ってなどいなかったので、「ううん」と言った。倫子がチョコレートを贈らなかったのは、ただ自分に嘘をつきたくなかっただけだったからだ。

なぜかは分からないが、倫子は漆部を求めている。漆部はその倫子に奉仕をしている。恋ではないと思う。それが好きだからしているのだと、倫子は思う。倫子は漆部のなすがままで、自分の意思がなくなっている状態が心地よい。その均衡を壊したくない。それが恋ならば、自分もなにかをしなければいけないのだろうが、「そうではない」と思う倫子は、自分の方からはなにもしなかった。

二月の誕生日が来て、倫子は漆部に「二十六になった」とは言えなかった。誰にも言わず、ただ寂しかった。

その二月が過ぎて三月になると、大震災の大きな揺れがやって来た。倫子のオフィスはビルの低層階にあったが、それでも揺れは激しかった。客の誘導よりも、オフィスにいた社員は自分のパソコンを押さえ、机に手を突いて「なにが起こってるんだろう?」という顔で天井を見上げた。

普通の地震なら揺れが止まってもいい時間が過ぎても、まだビルは揺れていた。ふと見ると漆部は、客用のラウンジの椅子の横に尻を突き出すようにしてうずくまっていた。揺れはひどかったが、倫子に取《と》り憑《つ》いていたものは落ちた。

三　後になってから分かること

「倫子さんはどうなの?」と、花蓮は言った。「私と鴨志田くんて、合ってる?」と尋ねて「あなた次第じゃないの?」とかわされた花蓮は、「うん」と言ったままフォークの先でパスタを突《つつ》いていたが、その答が見つからないので、倫子にボールを投げ返した。

「どうって、なにが?」と倫子が言うと、花蓮は「誰か付き合ってる人っていないの?」と言った。

「いないよ」と言って、倫子はパスタを片付けた。

花蓮はまだ食べ残しのあるパスタの皿を脇へ寄せて、「どれくらいいないの?」と聞いた。

「もう、二年くらいかな」と、倫子は言った。

「漆部以来なし？」

「言っとくけど私は、漆部と付き合ってたっていう気はないんだよ」

「なくたって、付き合ってたじゃない」

「どうかしてたんだよ。漆部は私のタイプじゃないもん。別に好きじゃなかったし」

「でも付き合ってたでしょ？　前にも〝付き合ってない〟って言ってたしさ、私だって〝どうして漆部と？〟って思ってたけど」

「だから、どうかしてたんだって」

「なにがどうしてたのよ？　あなた、前もそう言ってたけどさ、なにがどうしたのかってことは言ってないよ」

　これに対して倫子は、「あんたに言わなきゃいけない理由なんてないでしょ」とは言わなかった。代わりに「コーヒーはいかがですか？」と言いに来たウエイターの顔を見て、「もう少しワインもらわない？」と花蓮に言った。

「いいよ」

「じゃ、ハーフボトル？」

「そんなにいらない。グラスでいいや」と言って、花蓮は「グラスの白を下さい」とウエイターに言った。

倫子は「私は赤」と言って、二人は「お下げします」とテーブルの上を片付けるウエイターを見ていた。

ウエイターが去ると倫子は小声で、「あの人、漆部に似てない?」と言った。

言われて花蓮は、去って行く男の後ろ姿を見て、「そうォ?」と言った。男は、花蓮や倫子と同じくらいかやや年下のように見えて、体つきはほっそりしていた。ワイングラスを二つ運んで来る顔を見ると、色白で「イケメン」と言われても通るような顔をしているが、花蓮も倫子も格別にイケメンに対する関心はない。「イケメンで通るような男」はどこにでも当たり前にいて、二人にとっては珍しくもなく、気をそそられることもない。ただ、「自分大好きな男なんだろうな」と思う。

テーブルにワイングラスを置いて男が去ると、倫子は小声で「似てないか?」と言った。言われた花蓮は、「よくいる顔だし、漆部の顔なんかよく覚えていないから知らないよ」と合わせた。つまるところ、「イケメンぽい男の顔」というのは、今や特徴のない顔なのだ。

「問題は漆部じゃないんだよね」と、景気付けのように赤ワインを飲み込んだ倫子は言った。

「私、その前に付き合ってた人っているんだよね」と言ってから、またワインを飲んだ。グイッと飲み干してからウエイターを呼んで、ワインのお代わりを頼んだ。

「就活の時に知り合った、大学の先輩なの」

やって来たウエイターは、もう倫子の関心外だった。

「一年くらい付き合ってたんだけどさ――」

「なにする人？」

「証券マン」

「じゃ、エリートじゃない」

「かもしれないけど、よく分かんない。就職した後で道で出会ってさ。その時は長く続かなかったんだけど、会社の前でチラシ配ってた時、また会ったの」

それを言って、倫子は赤ワインの注《つ》がれたグラスに手を伸ばした。それを飲まずに、グラスの脚を指に挟んだまま、話を続けた。まるで心細くなった子供が母親の手を握って離さないように。

「白戸っていうんだけどさ、今思えば私達、不倫してたみたいなの」

「不倫なの？」

「違うと思う。白戸は結婚してないもの。百パーセントしてないとは言い切れないけど、私の知る限り、独身」

「じゃ、不倫じゃないじゃない」

「だから、不倫みたいだって言ったじゃない。不倫のカップルって、きっと私達みたいだと思うんだ」

「どうして？」と花蓮に言われて、倫子はワイングラスに口をつけた。少しばかり口を潤してから言った。

「だって私達、ホテル行ってセックスしてるだけの関係だもん。結局そうだったたって後になって思って、不倫のカップルってそうだなって思った」

チラリチラリと視線を投げていた斜め前の席の女はまだ健在だったが、自分達の話に夢中になっているようで、もう倫子の方には視線を向けなかった。

花蓮はなにかを言いたそうな顔をしていたが、倫子はそれを遮った。

「だって私達、明るい内に会ったことないもの」

言うことを言って落ち着いたのか、倫子は改めてグラスのワインを静かに飲んだ。

「それでいいと思ってたのよ。だって私、休みの日に彼と会いたいなんて思わなかったもの。仕事が終わって彼と会うとさ、顔見るだけで、〝よく面倒なことから解放されて戻って来れたな〟って、両手を広げて迎えてもらってるみたいな気分になったの。もちろん、彼はそんなことなんにも言わないけどさ」

「彼とはどれくらい会ってたの？」

「月に一回か、二回かな」

少し首を傾《かし》げて花蓮は言った。

「それって、仕事終わりのリフレに似てない？」

言われて倫子は、視線をしばらく宙にさまよわせた。

「そうかもしれない――」

言われてみれば、それは仕事終わりのマッサージのようなものだ。「だからか――」

と、倫子は過ぎ去った時間を振り返った。


「笑わないでよ」と言いたげな顔をして、倫子は言った。

「だからかもしれないけどさ、一年くらいしたら、なんかへんな気がして来た。なんか密着感がないというか、スカスカな感じがしたの」

「私、そういうのなんて言うか知ってる」

「なんて言うの？」

「秋風が吹くって言うんだよ」

「秋風？　確かに秋だったけど――」

「飽きるの風だから、秋風」

倫子はすぐに分からない。

「ああ、〝飽きる〟でアキ風ね」

「そう」

「じゃ、それでもいいや。秋風が吹いてたんだよ、きっと。一緒にいたらさ、携帯が鳴ったもん——彼の」

「それホテルなの？」と花蓮に言われて、倫子はコクリと頷《うなず》いた。

「話し方がさ、妙にラフなの。仕事の電話みたいにして〝おゥ、おゥ〟って言ってるんだけど、夜の十一時過ぎだよ。別に外国為替の仕事してるわけでもないしさ。平気な顔してすぐ切っちゃったから、女だって分かったのよ」

「最低」

「だから、別れちゃったの」

「腹立たなかった？」

「少しは怒ったと思うけど、ちょうど部長が〝年末年始のツアー獲得に向けて頑張りましょう〟って言ってた頃だから、気持はそっちの方に行っちゃった」

「そうなの？」

「まさか月一リフレとは思ってなかったし、〝秋風〟ってのよく分かんなかったし、頭には来たけど、なんだかよく分かんなかったのよ」

「倫子さんは、なんでも〝よく分かんない〟なんだね」

「悪かったよ。でも問題は、その後なんだ」

「漆部は関係ないって、さっき言ったじゃない」

「漆部は関係ないの。正月休みで家に帰ったら、兄ちゃんが結婚するっていうの」

「兄さんいくつ？」

「私より三つ上。で、結婚相手は一つ上なの。兄ちゃんはまだ三十前だけど、嫁さんはすぐ三十になるっていうの。だから、彼女が三十になる前に結婚したいって」

花蓮はあきれたような顔で「美しい話だね」と言った。

「私、なんかさ、すっごく腹が立って――」

「分かるなァ」

「おまけに母親がさ、〝あんたもそろそろね〟って言うのよ。やたらと腹立ってさ、兄ちゃんの嫁、別にやな人じゃないのよ。全然普通のいい人なのよ。でもさ、なんかやっぱり、すごい図々しいと思ってさ――。よく考えたら私、彼と別れた後だったんだよね。私、〝彼と結婚したいのかな？〟って思った時もあったのよ。それは多分、秋風が吹いて来た頃よ。〝なんかへんな感じがする。それって、彼が結婚してくれって言わないからかな？〟って思って、〝そうかな？　私、結婚したいのかな？〟って思ったのよ。でも〝そうじゃないな〟と思って――だから、あんたがさっき、あんたの彼があんたと結婚したがってるのか避けたがってるのか分かんないから、あんたは結婚のこと考えないんだって言ったのを聞いた後で、そのことを思い出したの。白戸は、私に〝結婚しよう〟とは言わなかったと思う。だから私は気楽だったの。白戸が結婚していないのに、〝不倫してる〟みたいな気になったの。だから、セックスだけでもよかったの。でも、彼が浮気してるって知った後で——私だってもしかしたら都合のいい浮気相手だったかもしれないんだけどさ——どうしてあいつには私に〝結婚して下さい〟って言うだけの誠意がないんだろうと思ったの。だから怒ったの。私、彼からフェンディのポーチ貰《もら》ってたのよ。腹が立って、〝なんだ、こんなの！〟と思って捨てちゃったけど、なんで怒ったのかはよく分かんなかった。怒って捨てちゃったから、〝もういいや〟と思ってそのまんまにして深く考えなかったんだけど、よく考えたら、〝なんであいつは結婚してって言わない男なんだ！〟って、そういう風に怒ってたんだと思う」

花蓮は、「それなら分かる」という顔をして聞いていた。

「彼と付き合った時、私はまだ二十四だもん。結婚なんか考えないじゃない。結婚を考えたいような相手じゃなかったし——」

「でも、付き合ってたんでしょ？」

「付き合ってたけど、でも頭でじゃないよ。見ただけで吸い込まれそうな感じって、分かるでしょ？　そういう感じ。だから結婚て、考えなかった」

倫子はそう言ったが、花蓮は「分かる」とは言わなかった。

倫子は、テーブルに置いたワイングラスを回しながら述懐するように、「後になってから分かることってあるよね」と言った。

「私、二月生まれじゃない？　だから、正月が終わったらすぐ二十六になるのよ――あ、その兄ちゃんが結婚するって話聞いた正月のことね。白戸と付き合った時って、まだ二十四じゃない？　ああ、考えてみると若いな。四年前だもん。それが付き合っている内に二十五になって、〝あんたもそろそろね〟って言われた時は、もう二十六目の前よ」

「まだ若いじゃん」

「若いよ。でも〝若い〟にもう〝まだ〟が付いちゃうのよ。ウチの母親、結婚したのが二十七で、〝女が三十過ぎたらアウトだ〟みたいなことを、兄ちゃんは考えてるわけでしょ。私、いつの間にそんなとこに追い詰められてたんだって思ったの。もちろん、その時はそんな風に考えなかった。後になって、どうやらそうだったんだなって気がついたの。私は別に結婚のことなんか考えてなかったから、なんだかガーンて頭殴られたみたいで、よく分かんなかった」

「それで漆部にやられたの？」と花蓮に言われて、倫子はコクンと頷いた。

「私、誰かにそばにいてほしかったのよ」

倫子はワイングラスに手を伸ばしたが、もう空になりかけていた。「もう少しもらう？」と花蓮は言ったが、倫子は「やめとく」と言って、グラスの底に残ったワインを飲み干して言った。

「私、恋愛ってだめなのよ。漆部と付き合ってて思ったもの。なんか、身に沁みないのよ。あいつはさ、恋愛するのが好きなのよ。自分が一生懸命恋愛してて、女に対してやさしい男になっているのが好きなのよ。初めはそういうの分かんなかった。誰かにそばにいてもらいたかったのは事実だけど、どっかのマニュアル通りの恋愛なんかされたくないもの。なんかさ、付き合ってるうちに、池の中の河童《かっぱ》が陸《おか》の上の人間見てるみたいな気になった」

「倫子さんが河童なの？」

「そう。漆部が人間。私は池の中でそれ見てて〝なにやってんだろう？〟って考えてる河童。私はどうしたって、自分のことを王子様に憧れる人魚姫だとは思えないんだ。なんか、〝違う、違う〟って思ってて、地震の時に漆部が腰抜かしているのを見てさ、〝あ、私って恋愛が分かんないんだ〟って思ったもの。〝あれが恋愛なら分かんなくてもいいや〟って」

花蓮はぼんやり倫子を見ていた。それから、ぼんやりした調子で、「私だって、恋愛なんか分かんないもの」と、自分の話を始めた。

「中学の時にさ、一年上で、すっごいきれいな先輩がいたの。あ、男だよ。色が白くて瞳《め》がきれいで、睫《まつげ》が長いのよ。ほっそりしててさ、近くで見ると、指が細くてきれいなの。私、ずーっと憧れててさ、思い切って告白したの——もうすぐ中学卒業しちゃうって時に。先輩が卒業したら、もう会えなくなるでしょ。だから、〝付き合って下さい〟って、卒業式の前に言ったの。そしたら彼、〝僕は女に関心がないんだ〟って言ったの」

「そうなの？」

「分かんない。そうかもしれないけど、私その時、自分のことブスだと思ってたから、〝お前が嫌いだ〟って言う代わりに、〝女に関心がないんだ〟って彼が言ってくれてるんだと思ったの」

「どうして？　あんた、花蓮は可愛《かわい》いじゃない？」

花蓮は軽く手を振った。

「私は、そう思ってたんだもの。〝彼から見たら私は全然きれいじゃないな〟って思って、だから〝お前は好きじゃない、お前には関心がない〟って思ってる彼が、〝お前だけじゃない、女全部に関心がないんだ〟って言ってくれてると思って、やさしいなって思ったの」

「そういうめんどくさい〝やさしさ〟ってあるの？」

「だって、そう思ったんだもん。そう言って私のことを見て、クルッて後ろ向いて歩いてった彼のこと、まだ覚えてる」

「好きだったの？」

「彼がいなくなってから、はっきり好きになった。それまではただ憧れてただけなんだけど、いなくなった彼のことを思うと、胸がジーンとなるの」

「それって恋じゃない？」と倫子が言うと、花蓮は、「でも、いない人だよ」と言った。

「私、彼に嫌われてるんだ。でも彼はやさしいからそういう風には言わないんだと思うと、好きで好きでたまらなくなるの――」

倫子はなんとも言いようがなくて、遠いところを見ているような花蓮の顔を見守るしかなかった。

「私、それ以来感じないのよ。イケメンだとかってみんなが騒いでも、ピンと来ないの。鴨志田くんと付き合ってても、〝好き〟っていう感じが湧かないの。ただ、付き合ってるだけなの。これって、へん？」

そんなことを言われても、倫子には答えようがない。

四　とうにバブルは過ぎて

花蓮の話は続く――。
「ウチのママね、鴨志田くんのこと、嫌いみたいなの」

「会ったことあるの？」

「彼が帰り、送って来てくれてさ、〝じゃあね〟って言おうとしたら、マンションの前にタクシーが停《と》まって、どっかに行ってたお母さんが帰って来たのよ。〝お友達？〟って言うからさ、〝送って来てもらった〟って紹介したら、〝上がってもらえば〟って言うの。鴨志田くんは、〝遅いから帰ります〟って言って帰ったんだけど、家の中に入ってからがしつこいのよ。〝どういう方？　なにしてる人？　どこの会社？〟って――。外で会ったときには〝ちょっとやばいかな〟って思ったんだけど、わりとやさしい声で〝上がってもらえば〟って言うから、〝大丈夫なのかな〟って思ってたんだけど、別れた途端、チェックの入れまくりなのよ」

「花蓮は、彼のことが好きなの？」

「嫌いじゃない」

　倫子は「ふーん」と言って、「嫌いじゃない」とはどういうことなのか考えた。

「彼と結婚したい気はない」と言って、花蓮は「私と鴨志田くんて、合ってる？」と聞く。付き合ってまだ三カ月か四カ月程度なのだから、「結婚」という話が出なくても不思議ではないが、その話が出た時に、花蓮は前向きに考えようとしている。「好きなの？」と聞かれて「嫌いじゃない」という答が返って来るところは微妙だが、倫子は、それ結婚を実現させる最大のモチーフを「好き」だとは思っていない。と言うよりも、それでは過大だと思っている。我が胸に手を当てて「結婚」を考えると、その相手はどうしても「好きな人」ではない。結婚するということは、「嫌いじゃない相手」と結ばれることなのではないかと思っている。うっかりそんなことを言えば「え⁉」というような答が返って来るだろうと思うから口には出さないが、「自分は恋愛が苦手でよく分からない」と思うのとは別に、「嫌いじゃない相手と結ばれる」というのは、かなりの正解に近いことではないかと思っている。

倫子は「嫌いじゃない人」をそのように考えるが、花蓮が倫子と同じように考えているかどうかは分からない。「嫌いじゃない」という言葉には明らかに伸《の》び代《しろ》があって、花蓮の言う「嫌いじゃない」は、明らかに「好き」へと変わりたがっている。そのはずだとは思うのだが、花蓮はそれを抑えている。

倫子は平気で「よく分からない」と言ってしまうが、花蓮はあまりそんなことを言わない。にもかかわらず花蓮は、倫子よりもずっと多くのもやもやを抱えている。だから倫子は、「それはなんだ？」と思う。

「ママはね――」と、花蓮は言う。「お母さん」と「ママ」の間で、花蓮の母親像は揺れている。

「ママはね、多分、鴨志田くんのことが嫌いなの」と、花蓮は言う。「ママよりも、あんたがどう思うかの方が重要だろう」と、声には出さず倫子は思う。

「最初ね、お母さん、鴨志田くんのこと、〃随分小柄な方ね〃って言ったの。ウチは、パパも弟の大《たい》ちゃんも背が高いからさ、そういう風に思ったのかなと思ったんだけど、その後で〃どこの会社？〃とかって言うから、ちょっと、へんな気がした」

倫子は、花蓮の母親を知らない。もちろん花蓮の父親や弟がどの程度背が高いのかも知らない。いきなり「パパ」と言い、弟の名前を「ちゃん」付けで花蓮が呼ぶのを聞くと、「いかにも東京の家族だな」と思って、自分の父親や、ただ無意味に大きい兄と比べて、スラッとした長身を想像してしまう。

鴨志田とは一度だけ会ったことがある。早番の日の帰りに花蓮と一緒に会社を出たら、駅で花蓮を待っていた。

ストーカーではない。待ち合わせだった。「ちょっと来てくれない」と言われて、二人が乗り降りしないＪＲの駅の方へ行ったら、そこにいた。

花蓮に紹介されて、鴨志田の名刺をもらった。花蓮と鴨志田は「コンサートに行く」と言って、倫子とはそこで別れたが、「ちょっと来てくれない」と回り道をさせたのは花蓮だから、倫子に鴨志田を会わせたがっていたのは間違いない。一カ月ほど前のことで、花蓮の母親がいつ鴨志田と会ったのかは知らないが、もしも花蓮が言ったようなことがその前にあったのなら、花蓮が倫子に鴨志田を見せたがったのも不思議ではない。

鴨志田は小柄ではあるが、花蓮の母が言うほどのものではないだろう。倫子の身長は一六七あって、花蓮はそれより少し低く、花蓮と並ぶと鴨志田は、花蓮の靴のヒール分だけ低い。小柄と言えば小柄だが、いきなり「随分小柄な方ね」と言われるほどではないような気がする。

体型的に言えば、鴨志田は可愛い。背が高かったら「大男」になってしまうようなポッチャリとした肉が付いていて、等身大の熊のぬいぐるみのような感じがする。丸顔で眉が濃くて、よく笑う。マンガに出て来る男の子キャラみたいに、少し現実離れのした明るさを持っていて、若く見える。

そのマンガのように明るくて愛想のいい男が、なんだかよく分からない「エクトプラズム」に似たような名前の会社に勤めている。「企画会社」だというから、きっと「おしゃれな企画会社」だろうとは思うのだが、名刺の文字とマンガのような顔にはギャップがあって、茫漠とした感じがした。なんだかピントが合わない。倫子はそのように思っていたが、花蓮の母親が嫌っているというのなら、鴨志田はその分だけ「いい人」なのではないかと、倫子は思った。

花蓮は、男を見る目がある女だと思う。なにしろ、花蓮と倫子を結び付けたきっかけというのが、「ウチの男って、なんかへんじゃない？」という会話だったのだから。「私と鴨志田くんて、合ってる？」と花蓮が言う以上、鴨志田は花蓮にとって「いい男」で、

「好きでいたいような存在」であるはずなのだ。

「ウチのお母さん、少しへんなのよ」と、花蓮は言った。

「ブランドが好きなの」

「そんなのへんじゃないじゃない。ブランド好きの人なんて、いくらでもいるじゃない」

そう言って倫子は、会社にやって来るブランド好きのおばさん達が、概して図々しくやな女であることを思い出した。

倫子の会社は、テレビでCMを流す「大手の旅行会社」ではあるけれど、根本のところでは「若者向けの格安旅行会社」である。世界を放浪する若者だった社長が立ち上げた会社で、だからこそ社内の雰囲気も若い。倫子の会社のオフィスがあるビルの中には、違う階だが、大手の老舗旅行会社も入っている。大手のくせにフロアの隅に仕切りを立ててひっそりとカウンターを置いているようなオフィスだから、人員も少ない。しかも、どう見ても四十歳から上のおばさんスタッフが、悠然と客の応対をしている。ブランド好きのおばさん客には、そちらの方がふさわしいと思う。

倫子の会社は、若者向けの国外ツアーを格安で販売して大手になった会社で、最近では、それなりの年になったかつての若者客相手にグレードアップしたツアーを企画してはいるが、それでも「格安」で、七十万円もするようなブランド物のバッグを持ってアクセサリーをじゃらつかせるような金を持っているおばさんがわざわざ来るようなところではない――と、倫子は思う。がしかし、それでも「ブランドおばさん」はやって来る。

国外旅行からスタートした会社だから、倫子の会社の国内旅行部門は守りが薄い。国内旅行のカウンターに置かれている椅子は三脚だけで、いかにも「国内ツアーも承っております」という感じが強い。同じビル内の老舗旅行会社の手狭さと同じようなものだが、それでもブランドおばさんはやって来る。やって来て、「もう少しいいのはないの？」と言う。しかも「もう少しよくて安いのは？」と。

国内ツアーを担当する倫子は、「金があるんなら、よそへ行けばいいじゃないか」と思って、「上の階に別の旅行会社がありますよ」と言ってやりたくはなるが、それでもブランドおばさんがやって来るのは、なんとなく分かる。倫子の会社の方が、雰囲気は「今っぽい」のだ。「おばさん」というものは、見るからに「おばさん」なのに、どうしても「自分は若い」と思いたがるものらしい。

花蓮の母親が「ブランド好き」と聞いて、倫子はブランド物が似合わない「千葉のおばさん」である自分の母親がシャネルスーツを着ているところを思い浮かべてしまったが、花蓮の母親はそういう「ブランドおばさん」ではなかった。

「ウチのお母さん、ブランド物が嫌いなわけじゃ全然ないけどさ、そういうんじゃないのよ。見栄《みえ》っ張《ぱ》りなの。美魔女に憧れてるしね」

「お母さん、いくつなの？」

「今年、五十三かな」

倫子は驚いた。

「若い。ウチの母親なんか、もう六十近いよ」

「じゃ、パパと同じくらいだ」

「お父さん、いくつなの？」

「今五十七で、その内五十八だよ」

「ウチのお母さんより若いじゃん」

「お母さん、いくつ？」

「今年五十九。お父さんなんか、今年還暦だもん」

そこへまたしてもウエイターがやって来て、「ワインをもう少しお持ちしますか？」と言った。

倫子に視線を向けられる前に、花蓮は「コーヒーもらわない？」と言った。

どうやらアルコールの力を借りる段階は過ぎた。倫子より先に花蓮は「エスプレッソ下さい」と言って、空のワイングラスを見た倫子は、「じゃ、カフェラテ」と言った。

ウエイターがその場で頭を下げると、花蓮は「ウチは結婚が早いのよ」と言った。

ウエイターは「はい？」と言い掛けて、自分に関係のない話だとすぐに悟って去った。

「バブルの頃でしょ。パパが一目惚《ひとめぼ》れしたんだって。会社入って二年目で辞めちゃったのよ」

「結婚で？」

「うん」

「社内結婚？」

「そう」

倫子は少し信じられない。「会社に入って二年目で辞めちゃったら、就職した意味なんかないじゃないか」と思う。


一九八〇年代は日本人のあり方を大きく変えた時期だったが、中でも大きく変わったのは女達のあり方だった。潤う金は女達に贅沢《ぜいたく》を許し、働く女のあり方を保障する男女雇用機会均等法は一九八五年に成立する。「バブル経済」と言われるものはその年から始まり、倫子と花蓮もその年に生まれた。

倫子を産んだ時、母親は三十歳を超えていた。その三年前には倫子の兄を産んで、結婚した八〇年代の初めには二十七歳だった。倫子の母は土地の中学校の教師で、夫となった男はその同僚の教師だった。地方公務員である倫子の母に、男女雇用機会均等法は関係ない。妊娠、出産の時に、出産育児休暇は初めから保障されていて、その間の代替教員の制度もあって、職場復帰も簡単に出来る。一九七〇年代の女達は、まだ「仕事か、結婚か」という悩み方をしていたが、倫子の母親は、初めから「仕事も、結婚も」だった。当時に「結婚適齢期」と言われたのは、二十四歳から二十五歳くらいまでの間で、それを過ぎると女の居心地は若干悪くなったものだが、真面目な女教師だった倫子の母は、二十七歳の結婚までうろたえなかった。

房総《ぼうそう》半島の北の下総台地の太平洋側の端っこにある倫子の家に、バブルの波は「バブルがはじけた」と言われる一九九〇年代になるまで届かなかった。遠い東京の方で起こっているというバブルの景気は、倫子の生まれた土地を潤すよりも、過疎化し寂れさせる役目しか果たさなかった。なにしろ倫子の家は、房総の「観光地」と言われる所からはずれて、なにもない所にあったから。東京からの人間は、苦労して成田《なりた》の国際空港にまでやっては来ても、その先の農業地帯の更にまた先にある「小さな田舎の町」の存在など知りもしない。

一九八〇年代になってもバブルがやって来ない町には、なんの変化もなかったが、その町で倫子の母は「当たり前に社会進出をしている知的職業の女」だった。一九八〇年代的なあり方を先取りしていたのだから、うろたえる必要などなにもなかった。

一方、倫子の母が当時的には「やや遅めの結婚」をした頃、花蓮の母親は面倒なことをなにも考えなくていい、東京のお嬢様系女子大学の学生だった。面倒なことを考える必要はなにもない。化粧とファッションを考えていればいい。バブル経済を迎えんとする人々の心は、浮足立っていたのだ。花蓮の母親は大手の食品会社に就職したが、いつまでも人に使われるOLをやっている気はなかった。男に愛されるように作り上げた自分の活《い》かしどころは、別にあるはずだった。

彼女は、五歳年上の「我が社のホープ」と言われる男と結婚した。結婚披露宴での紹介の言葉だから、真偽のほどは定かではないが、夫の朋之《ともゆき》は「君を大切にする」と約束した。「愛」とか「やさしさ」とかいう、日本の男とは一つになりにくい言葉が日本の男の上に宿り始めた時代だから、結婚する花蓮の母にはいかなる苦労も存在しなかった。

花蓮の父は、自分の妻をその言葉通り大切にし続けたが、それはつまり「妻の言いなりになる」で、花蓮の母は、バブルの時期に出来上がった温室に咲く一輪のバラの花のようなものだった。バブルがはじけても、「就職氷河期」と言われるものがやって来ても、彼女にとっては「大変なのね」と言うだけの他人事《ひとごと》で、関係がなかった。「不況」とは言われても、彼女の夫は揺るがない食品会社の中で、従来通りの年功序列の階段をゆっくりと上がっていて、リストラもまた他人事だった。

不満がないから、ブランド狂いにもならなかったし、浮気も（表向きは）しなかった。中流の上のやや上の方の美しい妻であることが、彼女の最大の自負心で、花蓮の言う「ブランド好き」は、そういう彼女なりのステイタスを満足させることだった。

「ママはさ、鴨志田くんの会社が有名じゃないから、それが不満らしいの」

「そういう〝ブランド好き〟なの？」

「うん。パパに鴨志田くんの名刺見せて、〝この会社知ってる？〟って聞いたんだって」

「どうだったの？」

「パパは〝知らない〟って言ってるわよ、って」

倫子は同情を籠めて、「ふーん」と頷くしかない。

倫子の中には「東証一部上場」というような、会社ブランドに対する憧れがない。あるとして、ただ「へー」と思う程度のものだ。「そうじゃなかったら、こんなに人をこき使うわけの分からない会社になんか入ってない」と思う。職員室勤めの両親だって、一流会社ブランドに関しては「へー」の口だから、倫子は自分のあり方を疑わないが、世の中に「ブランドおばさん」と同じようなステイタス信仰を持っている人がいることも知っている。「自分の両親がそんなだったらいやだな」と思うから、花蓮の感じるしんどさは分かる。

同情を籠めて頷かれた花蓮は、「そうなの、そうなの」と言わぬばかりに小さく頷いている。倫子は「大変だね」と慰めて、そこにコーヒーがやって来た。ついでに、斜め前の席で倫子のことをチラチラ見ていた女とその一行も立ち上がった。そろそろの時間かもしれない。

香ばしいエスプレッソの匂いが理性を呼び醒《よさ》ます。倫子は「カフェラテなどというたるいものを頼むのではなかった」と思った。

「ドルチェはよろしかったですか？」とウエイターは言って、花蓮は顔を軽く横に振る。陶酔よりも覚醒が心地よい時間がやって来て、「いいです」と言いながら倫子は、「それより、カフェラテをエスプレッソに換えてもらいたいな」と思った。

エスプレッソよりも大きなカップに入ったカフェラテのミルクの泡を我慢して、その先にあるエスプレッソの苦みを探し当ててから、倫子は言った。

「お母さんはさ、ウチの会社のことどう思ってるの？」

「ウチの会社？」

「就職決まったとき、なんか言わなかった？」

「あ、それは大丈夫。テレビでＣＭ流してる会社なら、勝手に一流って思ってるから」

「あ、そう」と言って、倫子は「ウチも同じだ」と思った。

花蓮は、「ウチの弟、大ちゃん――あ、大気《たいき》って言うんだけど――」

「タイキ？　どんな字を書くの？」

「空の空気よ」と、花蓮は天井を見上げるようにして言った。

「その大気か」と倫子が言うと、「そうなの」と花蓮は言って、「だからほんわりしてるの」と付け加えて、「その大ちゃん入ってるの、あそこよ」と、紳士服量販店チェーンの名を挙げた。

「テレビでＣＭ流してるからいいのよ。パチンコ業界だっていいのかもしれないし」

「ま、あそこもアパレルだもんね」

「そ。イタリア大使館に就職できたらもっといいんだろうけどね」

「そういう人なの、花蓮のお母さんて？」

自分で言っておいて、花蓮は「知らないわよ」と言った。きっとまだめんどくさいことがあるのだ。

「それで大ちゃん、二十四なんだけど、〝結婚したい〟って言うの。相手、家に連れて来たって――」

「どういう人？」

「私、出社だったから知らない」

「お母さん、なんて言ってた？」

「別になんとも。〝しょうがないんじゃないの〟って。どうせ男の子だから結婚して家出て行くって、思ってるのよ」

それを言った花蓮の顔は、「もっと聞いて、もっと聞いて」と言いたがっている。だから倫子は、「それで？」と言った。

「だからお母さんはね――」と、花蓮は言った。

「私に早く結婚して、老後の面倒見ろって言うのよ」

「だってまだ、五十三とかでしょ？」

「そうよ。自分はさ、美魔女になりたいのよ。でもさ、やっぱりどっかで自信がないか、腰が引けてんのよ。美魔女の載ってる雑誌買って来て、〝この人達ってどうかしてない〟って言ってるもの。年なんか取りたくないのよ。奥様らしく若く見せてさ、そのくせ〝私はまだ大丈夫だけどね〟って、私の顔を見ながら言うの」

「なにが大丈夫なの？」

「体よ。体は大丈夫だけど、いつ大丈夫じゃなくなるか分からないから、その時はあなた分かってるわよね、ってこと」

「先のことじゃん」

「先のことだと思うけどさ、そんなこと言ったら、目丸くしてじっと見るのよ。こわいもん。お母さんはさ、〝自分が気に入るような相手と早く結婚して、私を安心させろ。私のことを考えろ、私のために働け〟って、そう思ってるのよ」

「娘を自分のものだと思ってるわけ？」

「そうみたい」

「息子はどうでもいいの？」

「いいんでしょ——ていうか、大ちゃんの相手なんかどうでもいいみたいだし——」

「それで、全部があんたのところに来るの？」

「そうみたい」

「それじゃ厄介だな」と、エスプレッソの残りの入ったカップを飲み干す花蓮を見て、倫子は思う。他人事だが、そのエスプレッソは苦いだろう。

五　私達は「不幸な人達」かもしれない

母親からは離れられない——言われてみればそうだろうなと、倫子は思う。

聞く気があるのかないのかよく分からないような顔で「卵子老化」の話を聞いていた花蓮が、「結婚するしかないよね」と言ってさっさと話をまとめてしまった理由が分かったような気がした。「結婚するしかないよね」は、「卵子老化」なんかとは無関係に存在する、花蓮の胸の中の呟《つぶや》きのようなものなのだ。倫子にはなんとも言いようがない。

　言葉に詰まった倫子に、花蓮は言った。

「倫子さんのところはどうなの？」

「私ん家《ち》？」

「うん」

「なに考えてるのかよく分かんないけど、私のことを縛りたい気はないみたいよ。ウチのお母さんは〝自立した女〟だから」

「そうなの？」

「そうだよ。ウチのお母さん、教師でしょ。学校で子供にもの言ってるから、家に帰って来てまでそれやるの、面倒臭かったんじゃないの。お兄ちゃんの時はちょっと違ったかもしれないけど」

「自分の親が学校の先生って、いや？」

「自分と関係なけりゃ、いやじゃないけどね。お父さん、よその中学に行ってたからいいけど、お母さんは私の中学の先生で、二年の時に担任になっちゃったの。その時だけ、いやだった」

「なんで？」

「だって、二重人格みたいだもん。家にいる時と全然違うしさ。学校終わって帰って来ると、〝学校での顔は嘘でした〟みたいな顔になるからさ。なんとなく〝嘘つき〟って気になるの。学校で出席取る時だって、〝古屋さん〟て言うと、みんなが私の方をチラッと見るの。それまで私、古屋先生の娘だってあんまりバレてなかったしさ」

「古屋先生はなに教えてたの？」

「お母さんは英語。お父さんは数学」

「家庭教師が二人もいるんだね」

「いるけど、あんまり教えてくれない。数学の分からないとこ聞くとお父さんは教えてくれるけど、お母さんはしない」

「どうして？」

「私があんまり頭良くないから、教えると喧嘩《けんか》になると思ったんじゃないの」

「教育者だね」

「ま、そうかもしれないね。なんかちょこちょこ言って、〝後は自分で考えなさいよ〟って言うんだけど――」

「いいね、それ」

「よくないよ。だって、その時にもう怒ってるもん。自分の娘が出来ないのって、いやなんでしょう。なんか、自分の責任みたいで。ＤＮＡの責任はあっちにあるけど、私は別に、英語出来ないのはお母さんの責任だなんて思ってないもの」

「じゃ、誰の責任なの？」

「私のせいだよ。だって、勉強なんか好きじゃなかったもん」

「そうなんだ？」

「そうだよ。小学校まではそうじゃないけど、中学行ったらお母さんいるでしょ。教師の娘って複雑なんだよ。自分が教師やってて、子供が勉強出来なかったら問題でしょ？でもさ、あんまり出来過ぎると、〝裏でなんかやってんじゃないか？〟って思われるから、一番でもいけないの。〝一番になれ〟って言われたら、それはそれでいやなんだけど、〝二番か三番手をキープしろ〟っていうのもやだよね。〝適当なところ、五、六番でいい〟って言われりゃまだいいけど」

「やっぱり、親が学校の先生だといやなんじゃない？」

「中学の時だけ。高校入ったら関係ないもん。私、基本的に真面目な人間だしさ」

「自分で言うんだ？」

「言うよ。誰も言ってくれないから」

「そんなことないよ。古屋さんて真面目で仕事熱心だって、みんな言ってるよ」

「それがやなのよ」

「どうして？」

「だって、それしか取り柄がないみたいじゃない。やなんだけどさ、私、なんにもしないでいるのって、やなのよ。だから、うるさく言われなかったら、当たり前に勉強しちゃうもん。グレかけたの中学生の時だけで、私、小学校の時から御飯の仕度してたもん」

「小学校の時から?」

「うん。ウチ、共稼ぎでしょ――」

「共稼ぎって、古い言い方だよね」

「じゃ、なんて言うの?」

「知らない。なんとも言わないんじゃないの? 結婚して女が働いてたって普通だもん」

「そうだね――。ま、そうなんだけどさ、でも、お父さんとお母さん働いてるから、お母さん朝家出る時、忙しい時なんて、私にメモ渡して〝これ作っといて〟って言うの。お兄ちゃん中学生でさ、腹減らしてうるさいから、私がカレー作ったりしてた。そういうの当たり前だから、へんなこと言われなかったら素直にやるのよ」

「やるんだ?」

「やるのよ。ウチのお母さん、あんまり料理上手じゃないのよ。初めの内は私に〝こういう風にやるのよ〟とか言ってたけど、〝なんか違うな〟って考えて、自分で工夫してた。だから、中学生の時勉強しないで、晩御飯作ってた。へんな不良でしょ。〝私、お母さんのやることとやってんだからね〟と思ってるから、お母さんだってなんにも言えないのよ。だから、高校入試の時だって、お母さんにやらせないで、自分で食事の仕度してた」

「どうして？」

「だって、お母さんが作るとまずいんだもん。お父さんだってお兄ちゃんだって、料理なんにもしないし、出来ないし」

「お兄さんて、どんな人？」

「柔道バカよ。中学のときから柔道やってて、腹減らして帰って来て〝なんかねエのかよ〟って言うから、私がチャーハン作ったり、カレー作ったりしてた」

「今なにやってるの？」

「市役所の職員——。それがさ、初めはそうじゃなかったんだけど、市町村合併ってあったでしょ？」

「あったかもしれない。よく知らないけど」

「ウチとこもあったのよ。ウチの市がよその町と合併して、大きくなっちゃったの。それで兄ちゃんの嫁さんはさ、別の町役場にいたんだけど、合併で職場が同じになって、それで結婚しちゃったの。ずるいと思わない？」

「なにが？」

「ずるいと言うか、なんと言うか、なんにもしないで成り行きまかせでさ」

「どうして？」

「結局、近場から一歩も出ないのよ。柔道の県大会で七位だったか、八位かな？──になってさ、千葉の大学にスカウトされて、インカレに出た時はあんまりパッとしなかったけど、でも採用されて市の職員になってさ、そしたら今度は役場がくっついて嫁さんまでやって来ちゃうでしょ。柔道してるだけでなんにもしてないもん。おかげで大震災の時はよく働いてたらしいけどさ」

「大丈夫だったんだよね？」

「ウチは激しく揺れただけ。なんか、やたらすごかったらしいけど、合併してでかくなっちゃったから、市内のあちこちは結構大変だったらしいけど。だからさ、〝嫁さん三十になる前に結婚する〟って言ってて、四月に式場予約してたんだけどさ、大震災のすぐ後でしょ。〝こんな時に結婚していいのか〟って、それが結構大変だったみたい。結局しちゃったけど。去年娘が生まれてさ、私、叔母さんよ」

「叔母さんなんだ」

「ついでに小姑《こじゅうと》よ」

「なんか、小姑ってすごいね。悪魔みたいだもんね」

「そうそうそう。そんでさ、去年帰ったのよ。夏ね。そしたら、兄貴と嫁さんが生まれたばっかの娘連れて車で来て、家の庭でバーベキューすんのよ。〃こんなもんいつ買ったの？〃って聞いたら――母さんにさ、そしたら〃直樹《なおき》が買えって言うから〃って。あ、兄ちゃんの名前、直樹っていうんだけど、なんにもしなかった、ただでかいだけの柔道バカがさ、バーベキューの網の上にさ、トウモロコシ並べたりしてんのよ。バカみたいと思ったけど」

「でもそれ、絵に描いたみたいな結婚だよね？」

「そう。だから私、無知の勝利っていうか、そういうのってあるなって思ったの。余分なこと考えてちゃだめなのよ、きっと」

「余分なこと考えてたの？」

「余分なことっていうかさ、私、〃これでいいのかな？〃って思ってたのよ。兄ちゃん、ある意味で順調じゃない？　彼なりにさ。親としては文句の付けようがないのよ。真面目な柔道バカだからさ。試合の度に弁当持って応援に行くしさ。なんか、へんな感じだった。兄ちゃん、男の子で長男だから、それで二人とも可愛いと思ってんのかなって思ってたんだけど、どうもそうじゃないのよ。なんか、自分の子供が自慢出来るから嬉《うれ》しいのね。兄ちゃん、道踏みはずしてないし、地元の新聞にだって載るし、人から〃すごいですね〃って言われると嬉しいのよ。〃そうなんだ〃と思ってて、急に私、つまんなくなったの。なんか、すごく小《ち》っちゃな狭い世界に生きてるみたいな気がして。お父さんもお母さんも〝土地の人〟でしょ。兄ちゃんだって、そうなるコース順調に歩いててさ、私は〝それでいいんだろうか？〟と思ったの。兄ちゃんなんて、卒業前から役場の人と仲良くしてて、〝卒業したらこっち来いよ〟みたいなこと言われてたみたいでさ。そういう人はそういう人だよね。でも、私は千葉に残ったってなんにもすることないんだもの。なんにもない町だしさ、東京行きたいって思うじゃない？」

「うん」

「だから、東京の大学行きたいって言ったのよ。反対されるかなと思ったけど。そしたら〝行きなさい、行きなさい〟って。〝ここらの女子大行ってもしょうがない〟って。なんか、そう言ってる母親の顔見たら、つくづく〝不思議な人だなァ〟って気がしたの。なんか、どうでもいいんだよ。お父さんはお父さんで、なんか考えがあるのかもしれないけど、別になんにも言わないし、お母さん自立してる人だから、うるさいこと言わないし。基本的に〝わかってるわね？〟って顔して見てるだけだから、おかげで私は真面目な娘になってしまったわけよ。つまり、〝東京へ出たい〟っていうのは、あの町から出たいっていうんじゃなくて、いつの間にか自分が母親の敷いた基本線に乗っかってて、そこから〝出たい〟って思ってただけなんじゃないかって、思ったりはするのね」

「分かる」と花蓮は言った。

「分かる？」と倫子も言って、そこで二人の会話も止まった。

倫子は、テーブルの端に置いてあったレモンの輪切りの浮いた水の入ったポットに手を伸ばした。ポットを持った倫子は、横に積んであったグラスを手に取って、「いる?」と花蓮に聞いた。

花蓮は「ありがと」と言ってから、「ちょっと」と席を立った。

戻って来た花蓮は席に着きながら、「なんか、よく喋《しゃべ》ったね」と言った。

「あんまりこんな喋ったことってないもんね」と、倫子が応えた。

「そうだね」

「なんか、へんな扉開けちゃったよね」

「なんかね」と言って、花蓮は「その本、持ってる?」と言った。

「卵子の?」

「うん。今度貸して?」と花蓮は言ったが、倫子は「貸してもいいけど、役に立たないよ」と言った。

「どうして?」

「あんまりさ、私達と関係ない」

「どうして?」

「つまりさ、その本て私達向きじゃないの」

「なんで？」

「つまりさ、その本は高齢出産をする女のための本なの」

「どういうこと？　だって、高齢出産は危険じゃないの？」

「そんなこと全然ないよ」

「だって、三十五過ぎると卵子が老化して、妊娠しにくくなるんでしょ？」

「しにくくなるんじゃなくて、妊娠する可能性が低くなるの——ま、同じか？」

なんだか店の中がガランとして来て、二人の話す声が前より響くような気がした。それで倫子は、声を低めて言った。

「よく分かんないけど、卵子は老化するけど、高齢出産でも大丈夫って本」

花蓮は、頭の中で言われたことを整理していて、倫子は話を続ける。

「つまりさ、三十五過ぎて、もう高齢出産になっちゃう人のための本なの。〝卵子は老化してるけど、でも大丈夫だから頑張って〟って言う本」

まだ花蓮は釈然としない。「あのさ、うんと——」とへどもどしている花蓮に向かって倫子は言った。

「あんたがさっき言ったけどさ、四十過ぎて子供産む人って、今じゃ結構いるじゃない？」

「いるよね」

「あの人達はさ、その年で初めて産むの。高齢初産《こうれいしょざん》ていうんだけどさ」

花蓮は「コーレイショザン」と、聞き慣れない四文字熟語を口の中で繰り返した。

「つまり、それまで出産してないのよ。妊娠したことないかどうかは知らないし、まさかそれまで男性経験がないとは思えないけど、高齢初産が増えて来るのは、結婚年齢が上がってるからなのよ」

言われて花蓮は、まだピンと来ない。だから、「どうして?」と言った。

「仕事してて、キャリアアップとか、そういうので遅くなっちゃうらしいよ」

「四十過ぎまで結婚しないの?」

「四十かどうかは知らないけど、三十いくつで結婚するって、そんなに珍しくないじゃない」

「そうだけどさ、そういう人って、私は相手がいないのかと思ってた」

倫子は軽く笑って、「あなたは素敵よね」と言った。

「あなたは、〝してもいいか〟って男がいるから、結婚て簡単に出来るみたいに思ってるけど、そういう簡単なもんじゃないよ」

花蓮は、「ごめんなさい」と言いたそうな顔で、「そうだよね」と言った。

「私さ、東京に出て来てちょっと損したなって思うことがあるの」

「なに?」

「高校の友達、向こうに置いて来ちゃったこと」

「どうして？」

「だって、あんたの彼は、高校の時の友達の友達でしょ？　私にそういうのいないもん。高校の友達、向こうに置いて来ちゃったから。大学の友達って、あんまりそういう輪って広がらないから、やっぱり東京の人っていいなって思う」

「そうかもしれないね」と、東京出身の花蓮は言った。

「なんか、大学の友達って、ライバルっぽいもんね。卒業しちゃうと、なんか、改まっちゃうよね」

「でしょ？　結婚するんだったらやっぱりさ、早い内に網を広げとかないとだめなのよ」

「網？」

「だから、人間関係。そうじゃないと、社内恋愛しかなくなっちゃうじゃん」

「なんかやだよね。みんなに見張られてるみたいで」

「あんたも見張ってたんでしょ、私と漆部のこと」

「見張ってたわけじゃなくて、〝社内恋愛なんかやだ〟って言ってたくせに、どうしちゃったのかなと思ったの」

「だから、どうかしてたんだって言ったでしょ、私は。やっぱりさ、〝みんなに見られてる〟と思うから、自分がやりたいような恋愛をしたがる男って出て来るのかね？」

「知らない。漆部って、今、どうしてるの？」

「知らない。会社辞めて旅にでも出たかな」

「インドとか？」

「どうだろう。東欧とかさ、そういうオシャレなとこ好きそうでしょ」

「そんな話してたら、私旅行に行きたくなった」

「行きたいよね」

「でも無理だよね」

「年に有休五日じゃね」

「そうだよね」

「私なんか、もう四日だよ」

「どうして？」

「お父さん還暦で、千葉に帰らなきゃいけないから、有給休暇取った」

「旅行会社に勤めててさ、年に有休五日ってないよね」

「そうそう」

「旅行が好きだから旅行会社に入って、それで全然旅行に行けないって話、ないよね」

「なんにも知らなくて、行ったことないのに、ああだこうだ説明してんだもんね」

「それが現実ってもんかもしれないけどさ」

「花蓮はさ、キャリアアップって、どう考えるの？」

「今の会社？」

「今の会社じゃなくても。だって、今の会社じゃ、キャリアアップなんて無理だもん。私、あそこの部長になんかなりたくないし」

「私、ホントはツアコンか添乗員になりたかったの。そう言ったら、採用の時に〝ツアーコンダクターは別です〟って言われたしさ。結局私達は、コンビニのバイトと同じでしょ？　肝心なことは全部本社で決められて、私達は部長にシフト決められて、窓口でツアー売るだけでしょ」

「キャリアアップもへったくれもないよね」

「倫子さん、いつまでいる気？」

「花蓮は？」

　二人はなかなか言い出せない。二人が言うように、正社員として採用された人間達は、コンビニや居酒屋のバイト店員のように働く。だから、三十を過ぎてまで居続ける人間は少ない。二十代の内に転職してしまう人間が多い。地震で腰を抜かした漆部も、その状態を恥じて逃げたのではなく、二十代がそろそろ終わりになる年齢だから、その汐時《しおどき》を見て辞めたのだ。

辞める人間のほとんどは転職で、社内恋愛の末の寿退社というのは聞いたことがない。定期昇給はあるが、男女同一賃金だから、男の給料は多くない。結婚しても妻を養える額ではないから、女の寿退社はない。社内恋愛に対するお咎《とが》めはないが、結婚するとどちらかが転勤させられてしまうから、その先のことはよく分からない。どうやら「妊娠して会社を辞める」という悲劇が、女には待っているらしい。

会社としては、二十代の社員に辞められてもそれほど困らない。自主的に辞めてくれるから、そのことによって社内の若さが維持出来る。人件費も抑えられる。さして熟練の技が必要な職場でもない。二十八歳になった倫子とまだ二十七歳の花蓮は、そういう「どうするの？」の時期に差し掛かってもいた。

「どうする？」と言われても、そう簡単に答が出せるわけでもない。

「岩子《がんこ》さんみたいになるの？」と倫子は言った。

「岩子さん」というのは、社内にいる珍しい既婚組の女性で、三十を過ぎたのに頑張って働いている。「岩田《いわた》」という名前だが、扁平《へんぺい》な顔で、静かに人を威圧するように頑張って働いているから、陰では「岩子＝頑固さん」と呼ばれている。もちろん、子供がいるという話は聞かない。

「岩子さん」と言われて、花蓮はすぐさま「やだァ」と言った。なぜいやなのかは、倫子にも分かる。うっかりしていると、自分も「岩子さん」になりそうなのだ。

競争原理でツアー客を獲得すれば、それによって給料は上がる。その額は僅かであるけれど、競争原理の恐ろしさは、それが存在するとつい乗っかってしまうところにある。人は、うっかりすれば他人より上位に立ちたがるから、「君の成績次第で――」と言われると、つい頑張ってしまう。それを「いやだ」と思うより、競争原理に関しては小学生の時から馴染《なじ》んでいるので、つい頑張ってしまう。ゆとり教育で育った人間はさっさと辞めてしまいもするが、恐ろしいことに、競争原理は癖になる。慣れてしまえば、その勤勉の中にいるのが当然のように思えて、ついつい頑張ってしまう。給料の額が問題ではなくて、真面目人間の惰性がそれをやらせてしまう。うっかりすると、それにのめり込んでしまう。以前の倫子がそうだった。

誰だって「岩子さん」にはなれる。岩子さんが結婚していることは知られているが、その配偶者の顔を見た者はない。岩子さんに、友達はいない。表情を変えずに接客をして、ひたすらキーボードを叩き、他の社員以上のポイントを稼いで、黙って去って行く。なにがおもしろいのかはよく分からない。だから「岩子さんが結婚しているというのは嘘ではないか」という話もある。恐ろしいことに、そんな「岩子さん」には誰でもなれるのだ――真面目に働いてさえいれば。

「あのままだと岩子さん、高齢出産だよ。産むんだとしたらね」と、倫子が言った。

「高齢出産て、そういうこと?」と、花蓮が覗き込んだ。目の前のテーブルには、空になりかけの、水の入った寂しいグラスがある。

「私がそうだとは言えないけどさ、女って、うっかり働いていると、結婚はどっか頭にあるけども、子供が産めるってこと、どっかに置き忘れて来ちゃうじゃない?」

「そうだね」

「今、子供を産みたいかどうかは別にしてさ、私達が働いてて、そういう問題を抱えてるってことをさ、誰も問題にしてくれないじゃない」

「そうだよね」

「これでさ、キャリアアップとかなんとか言っててさ、そのまま高齢出産になると〝大丈夫、頑張って〟とか言ってくれる本はあるけどさ、まだそうなってない私達のことなんか、誰も考えてくれてないよね」

倫子がそう言うと、のんきそうに構えていた花蓮は大きな溜《た》め息《いき》を吐《つ》いて、あっさりと言った。

「私達って、不幸な人達かもしれないよね。〝自由にしなさい〟って言って、でも自由にすれば監視付きだし、いつの間にか、そんなに自由に出来る余地もなくなってるし、誰も〝面倒臭いこと考えなさい〟なんて言ってくれなかったしね」

言われた倫子は、「ああ、もういい」と思った。その通りだけど「もういい」――その思った通りを口にして、グラスに残った水を呷《あお》って、「もう行こう」と花蓮に言った。

第二章　故郷の人々

一　二十八歳

「二十八歳というのは、どんな年齢なんだろう？」

倫子はぼんやりと考えてしまう。花蓮を相手に卵子老化の話をして、傷みやすいミカン箱を一人で抱えているような重苦しさからは少しだけ解放されたが、そうなって今度は、自分の年齢が気になった。

年齢は、二十五の頃からゆるやかな上り坂になり、そこを登って行くと二十八のところが頂点で、その先はガクッと下る断崖絶壁のような急坂になっている——どうしてもそんな気がしてしまう。それは多分、今の自分が二十八歳だからだろう。二十九歳になれば、きっと二十九が頂点で、その先が断崖絶壁になっていると思うのだろう。おそらくは三十になっても、このままなら、三十歳が上り坂の頂点のように感じるのだろう。

二十七の時には、そんな風に感じなかった。二十六歳の時には年齢が上り坂になっているようなしんどさを感じたが、いつの間にかその感じがなくなっていた。白戸と別れ、兄の結婚話を聞かされて漆部との一件があって、振り返って見ると二十六になる時期はしんどかったが、二十六と別れて二十七になった時には、格別の煩わしさを感じなくなっていた。なにかをなくしたような欠落感はあったが、代わりに煩わしさを感じなくなっている自分がいて、そのことを「よかった」と思った。もしかしたらその時期は、「なにも考えないようにしよう」と足掻《あが》いていた時期なのかもしれない。それが二十八になって、「卵子老化」などという、知らなくてもいい話を知って動顚《どうてん》してしまった。

知らないままにいる間は「知らなくてもいい話」が、知ってしまった後では「動かしようのない事実」に変わる。そんな話を知らなかったら、格別に自分の年齢を意識することもなく、年齢の上り坂をダラダラと行くだけだったようにも思う——知ってしまった後では、もうどうしようもないことだが。

「卵子老化」と言われても、倫子はどうしたらいいのか分からない。早晩、体の中に「老化」は訪れるだろう。しかし、今の自分がどの辺りのところにいるのかは分からない。焦ればいいのか、「まだ大丈夫」と鷹揚に構えていればいいのかが分からない。だから、「自分の年齢はどれくらいのものなんだろう？」と思うし、「どうしてみんな平気なんだろう？」とも思う。

それは、花蓮が言ったように「みんな知らないから」なのかもしれない。でも、卵子の老化を特集する番組はＮＨＫでやった。深夜ではない夜の時間のＮＨＫだから、全国の人間が知っているんじゃないかと勝手に思う。それをたまたま倫子は見ただけだが、倫子のような「たまたま」派はいくらでもいただろうと思う。それなのに、「卵子が老化する」ということへの衝撃は、さして広がっているとも思えない。だから「みんな平気なんだろうか？　私だけへんなことを気にしているのだろうか？」と、倫子は思う。

　だからと言って、誰彼かまわずに、「卵子の老化と聞いてあなたは平気でいられますか？」と聞いて回るわけにはいかない。「共に卵子老化を考える会」を立ち上げたいとも思わない。倫子の不安は、自分の抱えている卵子に老化が忍び寄るということで、人と一緒になって卵子老化について話し合いたいわけではない。

「卵子が老化して行くって、こわくない？」と倫子に聞かれ、花蓮は「うん」と言ったが、彼女が本気でこわがっていたとは思えない。「うん」と言った花蓮は、あっさりと「結婚するしかないよね」と言ったが、それは彼女に「結婚してもいいか――」と思える鴨志田という男がいるからで、倫子にはそんな相手がいない。二十八までぼんやりしていたことへの報いなのかもしれないが、だからこそ「ミカンが傷んだらどうしよう？もうすぐミカンが傷んでしまう」などといううろたえ方をしている。

　倫子の悩み方は「高齢出産」と言われる時期に差し掛かった女の悩み方と同じで、だから倫子には、自分と同じくらいの年代の女が「卵子老化」という話を知ってもさして悩まない理由が分からない。仮にそれを知ったとしても、同年代の女達は「まだ先のことでしょ」と言うのだ。それを言って、「あなた、そんなに子供がほしいの？」と突っ込んで来る。

しかし倫子には、差し迫って「母になりたい、子供を産みたい」という願望がない。それを言うなら、「結婚したい」という切迫した願望もない。「結婚をしたくない」というわけではない。ただ、「いつか結婚はするんだろうか」と漠然と思っていただけだ。漠然と思っていただけだから、現実というものに突っ込まれると困る。そのつもりのない白戸と付き合っていて、白戸の二股がバレた途端、「なんで結婚してくれって言わないんだ！」と怒る。自分とは関係のない兄の結婚話で、母親に「あんたもそろそろね」と言われただけで、情緒不安定に陥ってしまう。その解決の仕方が分からず、「恋」という不慣れなものに足をすくわれてしまう。そういう倫子が「結婚てなんだ？」と考えて、その答となるような手掛かりが、ほとんどない。

倫子の中学高校時代に、「結婚してお母さんになりたい」と思っていた女は、そんなにいなかったように思う。さっさと結婚して母親になったり、あるいは逆の、母親になって結婚してしまうヤンキー系の女だって、中学や高校の段階ではグレているのに忙しくて、単純な結婚への希望なんかを口にしていなかったように思う。

「結婚」を考える以前に、みんな「なにになりたい」という将来の職業に関する希望を口にして、「結婚してお母さんになりたい」などと言うのは、周囲を引かせる変わった娘だった。

みんなは、「結婚」を考える代わりに、考えるのなら「愛」とか「恋」のことを考えていた。「結婚」というものは、あるのならその先にあるもので、それがいつのことなのか、また、あるのかないのかということはよく分からなかった。倫子のように、恋愛が苦手でただ「付き合っている」だけの女なら、先のことはもっとよく分からない。漠として具体性を欠いたまま、ただ「どう考えてもいい自由な未来」だけがあった。

だから、「二十八という自分の年齢はどういう年齢なのだろう？」と考えて、倫子には答が出ない。それを倫子が考えるためには「結婚」という座標軸が必要なのだが、そんな座標軸が倫子にはない。だから、考えがグルグル回りをして、「そうか――」と倫子が納得するようなところへ行き着かない。誰かが「昔は適齢期というものがあってね――」と教えてくれればいいが、誰もそんなことを教えてくれない。だから「結婚」という座標軸が見えない。

倫子の母親が結婚する少し前までは、二十四、五歳が女の結婚適齢期と言われていた。その少し前は二十二、三歳で、短大を出て二年もしたら結婚をしてしまうのが、女にとっては当たり前だった。更にその以前なら、娘が二十歳を過ぎる頃になったら、親達はもう娘の結婚のことを考えていた。花蓮の母親が就職して二年目に寿退社をしてしまったことを聞いて倫子は驚いたが、それ以前の女の結婚の常識からして、それは少しも驚くべきことではなかった。日本の女が結婚の前に「自分の人生」を考えてもよい時間は、かつてとても短かったのだ。

「女の結婚適齢期」は、実のところ「女の妊娠出産の適齢期」でもあった。女達はさっさと結婚して子供を産んだ。産むことに若い内から慣れていたから、「恥掻《はじか》きっ子」と呼ばれるような子を高齢で産むのも、珍しいことではなかった。高齢出産は存外当たり前で、高齢初産というものが珍しかったのだ。

ところが「女の結婚適齢期」というものは、ジリッジリッと引き上げられて行った。二十四、五歳の適齢期が二十五、六歳になり、一九八〇年代になると「結婚適齢期」というものが無効になってしまった。「結婚適齢期というのは、働く女を職場から追い出そうとするいやがらせか！」という声が働く女達の間から上がるようになった。

女達から怒鳴られて「結婚適齢期」という言葉が消え、「結婚」というものもなんとなくぼんやりしたものになったが、だからと言って女達が結婚をしなくなったわけでもなく、女達は自分に都合のいいところで適当に結婚をして、「女の平均結婚年齢」は二十六歳から上へ、ジリジリと上がって行った。

「女の平均結婚年齢」は、もう「適齢期」とは関係がない。それは「女達は何歳で結婚したか」に関する後追いのデータで、女達はもう好きな時に適当に結婚すればいいのだ

――出来るものなら。

「適齢期」という考え方は、「女はいくつぐらいで結婚すべきか」という、社会の側が出す標準値だった。それが「結婚を強制するもの」と捉えられて斥《しりぞ》けられ、結婚時期は女達の自由裁量に任された。「いくつで結婚するかはあなた次第、社会はそれをデータとして後追いするだけです」になって、女の人生にあった「結婚」という座標軸は曖昧になって見えなくなった。

それは「するもしないも自由で、いくつでするのも自由」なのだ。自分の体の中で「卵子老化」というものが着実に始まっていても、「結婚」はそれとシンクロしない。だから倫子は、なにをどう考えたらいいのかが分からない。

倫子の母親は、一九八一年に二十七歳で結婚した。女教師の結婚が、「適齢期」というものがあった時代に平均より遅くても、不思議はなかった。女教師は、高等教育を受けた「働く女」だったのだ。彼女の結婚が平均値より少しばかり遅くなっても、世間は訝《いぶか》しまなかったし、彼女を悪く言わなかった。女教師は結婚をして、仕事を続けて、妊娠をして出産をして、出産休暇の後に復職をして、誰も不思議がらない。そういうシステムが出来ていた。しかし、他の高等教育を受けた女が就職をしても、女教師のように優遇はされない。

「結婚するの？　じゃ退職？」とあっさり言われた。結婚して妊娠すると、「産むの？

じゃ退職？」と、またしても言われた。子供を産んでも、社会の方にその子供を育てる態勢が整っていないから、子供を産んだ女は家庭に入るしかない。産まなければ、愛する夫と二人の、オシャレで自由な結婚生活だ。するも自由でしないも自由で、自由というものは素敵なものだ。

出生率の低下に悩んだ政府が少子化対策を取ろうとして、「女は働くな。二十五くらいで結婚して専業主婦になり、子供を産んで育てることだけをしていろ」と言うことが出来るのならいいが、今更そんなことは言えない。だから、「少子化問題を克服し、女の労働力を活用する」などと言う。それが矛盾にならないようにするためには、「女が働きながら子を産めて、出産と育児の休暇期間の収入を保障して、母親になった女の職場復帰を可能にするような、生まれた子供のための保育制度を整える」という、今はなき社会主義国家のようなことをしなければならないのだが、現実はそこまで行っていない。だから、「結婚とか出産は、各自それぞれに考えて下さい。自由ですから」というようなことになる。

「自由」という言葉を三回繰り返せば、そこから「無責任」という和音も聞こえ、「自己責任」という足枷《あしかせ》の音さえも聞こえて来る。そういうめんどうくさいところで何を考えればいいのか？

女の結婚に関する状況は、巨大な竜巻が通り過ぎた後のように乱雑で、なにをどう考えればいいのかが分からない。だから花蓮は、「私達って、不幸な人達かもしれないよね」と言う。

花蓮の母親は、娘に表立ってなにも要求しない。「自由にしなさい」という雰囲気だけは作り上げて、「でも、私が納得出来るようなものでなければだめ」と、暗黙のプレッシャーをかけて来る。「自由にしろ」と言って、自由に出来る段取りが整っていなかったら、どうなるのか？

花蓮の母親は「バブル時代の温室に咲く一輪のバラ」だが、結婚から出産まで順当なレールの上を生きて来た倫子の母も、似たようなものだ。娘がなにに悩んでいるのかが分からない。「私の時代とは違うから分からない」と考えているが、娘の目から見れば、それは「私のことをなにも考えてくれていない」にしかならない。

自由に生かされた倫子と花蓮は、「結婚」がどうこうという以前に、「どうして私達のことを助けてくれる人は一人もいないんだろう？」と思って、ひそかに惘然《ぼうぜん》としているのだ。

「卵子の老化」という問題はあるが、実のところ倫子は、二十八歳の自分が「若い女」のままでいることを、しんどく思い始めている。彼女自身まだ若くて、自分でも「私はまだ若い」と思ってはいるが、そう思いながらしかし、倫子は相変わらずの「若い女」のままでいることに飽きている。「そういうの、秋風が吹くって言うんだよ」と花蓮は言ったが、正しく倫子は、相変わらず「若い女」でいることに飽きている。「自分はなにかに変わってもいいんじゃないか」と、思い始めている。

遠い昔に消《き》え失《う》せた「適齢期」という言葉の余波で、二十八歳になった倫子が自分を持て余しているわけではない。二十八になって、「自由な若い女」というものに微妙な違和感を抱いて、でもその先が分からないからグダグダとしている。「一体、自分の前にレールはあるんだろうか？」と思って。

二　古屋家の人々

「卵子老化」の話をして、その後の倫子と花蓮は何事もない。「どうしてる？」と言って、「鴨志田くんのこと？」「うん」「相変わらずだよ。倫子さんは？」「同じだよ」で過ぎて行く。「誰も助けてくれないから、みんなでなんとかするしかないな」と思った倫子が、職場でハンドマイクを持って、「卵子老化という現実を目の前にしてなにもしてくれない社会に対して、立ち上がろうではありませんか！」と演説をしたという話もない。「みんな、卵子の老化に気をつけた方がいいよ」という社内メールを回したわけでもない。卵子老化のタイムスケジュールは静かに刻まれたまま、五月の連休へと近づいて行った。

四月に、倫子の父親は六十歳になった。父親は三月一杯で、教員生活にピリオドを打っていた。その還暦の祝いが五月の連休にある。倫子が実家に帰った正月に、もうその話は出ていた。

なにもすることのない元日の昼下がり、母親が倫子に「お父さんの還暦どうしよう？」と言った。朝っぱらから酒を飲んだ父親は、隣の座敷で寝ていた。

「じゃ、和田萬《わだまん》にお赤飯頼むの？」と倫子が言うと、「あそこの小父《おじ》さん心臓悪くして、店閉めちゃったもの」と、母親は言った。

和田萬というのは、倫子の実家近くにある古くからの商店街の和菓子屋で、祝い事があればそこに赤飯を頼む。老夫婦がやっていて、息子は成田のホテルマンになっている。その「小父さん」が悪くなったら、もうおしまいなんだろう。

「じゃどうするの？　斎藤《さいとう》の二階借りるの？」

「斎藤」というのはそば屋で、正式には「蕎麦《そば》の斎藤」を名乗っている。ＪＲの線路沿いに新しい国道が通り、道沿いに大型スーパーやファミレス、量販店が並んでしまうと、江戸時代から通っていて町の中心になっていた古い街道沿いの商店街は見事に寂れた。どこの地方でもそうで、古くからそこにあって「本町通り」の名を誇っている場所は、町の限界集落のようにもなっている。ここの「本町通り」も同じで、区画そのものが老化して、まだ開けている店が閉じるのは時間の問題のようにもなっている。和菓子の和田萬が店を閉じて、また一つ閑散とした中で、唯一例外的に「蕎麦の斎藤」は栄えている。

国道とつながる角に店を構えていた立地が幸いして、敷地を拡張して駐車場を造り、店舗も拡大改築して二階を宴会場にした。海からは遠くない土地柄なのに、どういうわけかその地に寿司屋はないので、宴会場を新しくした斎藤が「蕎麦と料理」を看板にしてから、その地の催し事の会場は「蕎麦の斎藤」が独占することになった。東京に出てしまった倫子は知らないでいたが、いつの間にかなにかをするとなったら「斎藤で――」ということになっている。だから倫子は、「斎藤の二階借りるの？」と言う。

「悪いけどね」と言うような調子で、母親は「それがね――」と言う。

「お父さん、三月で退職でしょ。だからみんなで退職祝いをやってくれると思うのよ」

「斎藤で？」と倫子が言うと、「うん」と頷いた母親は、「あんたも来る？」と言った。

「どうして？　私、お父さんの教え子じゃないもの」

「だってみんなが来るからさ。あんたの友達だって来るでしょ」

「クラス会じゃないでしょう」

「そう言うならいいけどさ」と母親は言ったが、倫子にはなにがどういいのか分からない。

大人になって思うことだが、母親の話は難解で、支離滅裂に話が飛んでいるように見えて、そこにへんな「含み」が入り込んでいる時がある。「なにを言ってるんだろう?」と思うと、そこに他人の悪口がくっついて来たりする。

「あんたも来る?」と言われて、倫子はなにを言われているのかが分からない。母親の言い方は、仲間はずれになった子供に「あんたも来ていいのよ」と言っているように思えるが、倫子はなぜ自分が誘われているのかが分からない。母親はそれとなく、「あんたも来たら? あんたの結婚相手になる人だって来るかもしれないから」と言ってはいるのだが、まだ二十八歳にならず、「卵子の老化」などという話も知らなかった倫子には、一向にピンと来ない。「なんかへんだな?」と思って、消化の悪い食べ物を呑み込んだ時のように、しばらくしてから「うん⁉」と思った。その時にはもう、母親の話は違う方向へ行ってしまっていたが。

母親は一拍置いて、「だからさ」と言った。なにが「だから」なのかは分からないが、そう言ってしまえば話はどのようにも続く。

「だからさ、私考えたんだけど、みんなで連休に温泉行ったらどうかしら? ここら辺、ろくなところないし」

「連休って、五月の?」

「そうよ。お父さんの誕生日四月だし——」

「温泉て、どこ?」

「鴨川《かもがわ》なんかいいんじゃない? 勝浦《かつうら》でもいいけど。近いしさ、車で行けるし」

自分の母親ながら、倫子は「母親」というものは世にも不思議な生き物だと思う。そのあらかたを自分で決めておきながら、「お父さんの還暦どうしよう?」もへったくれもない。抽出サンプルは自分の母親ただ一例だが、古屋倫子は「母親というものは——」と断定してしまう。

「その話、お兄ちゃん知ってるの?」と倫子が言うと、母親は、「まだ。あんたに言ってからと思って」と答えて、「どうかしら?」と尋ね返した。

倫子は、「いいけど」と言ってから、「なんで私なの?」と付け加えた。当然母親は、その最後の部分を聞いていない。部屋の外を見て立ち上がって、「来たわ」と言った。近所に住む兄が、妻と娘を連れて車でやって来たからだ。

母親は玄関の戸を開けて迎えに出る。車のドアが開くのを待って、サンダル履きで表に出る。「おめでとうございまーす」と言って車の脇で小腰を屈《かが》めるのは、息子が連れて来た孫娘への挨拶だ。倫子も知らん顔をしているわけにはいかないので、立って玄関まで迎えに出る。

柔道バカの兄は、ただでかい。それに見合うように、兄嫁の絵里《えり》もでかい——というか、頑丈な作りをしている。色は白いが、ややエラの張った顔で、首が太い。背丈は倫子と変わらないが、作りがしっかりしているので大女のように見える。結婚式の時、披露宴の席に座った父方の伯母が、入場して来た花嫁を見て、「いいお嫁さんだけど、やっぱり三十過ぎると初々しさがないいね」と、それでも小声で言った。伯母は勝手に「三十過ぎ」と思っていて、「三十過ぎてなくても初々しさはないかもしれないな」と、倫子は自分の兄嫁を見て思ったが、別に訂正はしなかった。「まァいいか」と思って、その後でドキッとした。世の中には「三十歳を過ぎた花嫁には初々しさがない」という見方もあるのだ。

「そんなことを言われたら、自分だって初々しさなんかないよな」と、二十六になってどれほどもたっていない倫子は思った。「初々しい」などという形容詞に出会ったのは、その時が生まれて初めてだったが、意味はストレートに分かった。

「初々しさがない」と言うのは、言われてみればその通りで、抗《あらが》いようがない。その言葉が自分に向けられなかったことだけが幸いで、向けられてしまったら、「すいません」と言うしかない。しかもその言葉は、「いいお嫁さんだけど」とセットになっている。世の中というものがそう単純なものではないということくらい知ってはいたが、改めて倫子は、言いようのない世の中の複雑さというか、底意地の悪さにビクッとした。

それ以来、兄嫁の顔を見ると「初々しさがない」という言葉が頭を過《よぎ》る。悪い人ではないのだけれども、柔道バカの兄にふさわしいしっかりした体格の彼女を見ると、どうしても「初々しさがない」という言葉が浮かんでしまう。おまけに名前は「絵里」だし。

　初めて実家で会って、母親から「絵里さんよ」と紹介された時には、目の前に突然でかいものが姿を現したような気がした。顔がどうこうというのではなく、「これが〝絵里〟か？」と思うと、「絵里」という名にふさわしからぬ巨大さに圧倒されるような気がした。膝を揃えて座った脚が太くて、「絵里さんも柔道をやってるんですか？」と言いそうになった。結婚式で一度会っただけだが、兄嫁の実家の両親は実直そうな普通の人で、それがどう考えて娘に「絵里」などという名前を与えたのかは分からない。なにもない千葉の町に住む教師の娘は「倫子」なのに。

　今更倫子は、自分の名前に不満はない。兄の名前は直樹で、妹の名前は倫子だから、教員夫婦の両親は、「ともかく真《ま》っ直《す》ぐ、倫理《ひとのみち》に合致した子でありますように」と思ったのだ。「リンコ」という音の響きは気に入っているし、それはそれでいいのだが、世の中には子供に対してとんでもなくへんな期待をする親はいるらしい。それを倫子は「よその話だ」と思っていたが、いたって身近なところにもそんな親がいた。結婚の翌年に生まれた兄の娘は、名を「芙鈴亜《ふれあ》」という。

　生まれたばかりの姪《めい》の名を、電話で母親から聞かされた時には、思わず聞き返してしまった。「どんな字書くの？」と言って、母親にその漢字を教えられてもなんだか分からなかった。「ふれあ？　フレアってなんだ？」と頭の中で反芻《はんすう》して、「太陽の周りで爆発して上がる炎のことを〝フレア〟と言うな」と思い出して、「兄貴ならそんなこと考えつくかもしれないな」と思った。

　太陽の周りで起こる大爆発を、兄貴なら「カッコいい」と思うかもしれないなと、倫子は思った。そう思うのは兄貴の勝手だが、それをそのまま娘の名前にしてしまっていいものか。倫子もそうだが、倫子の一家は真面目で、抒情《じょじょう》性などというものを平気で欠落させている。倫子には理解しがたい「なにかの間違い」があって、それで兄の娘は「芙鈴亜」になったのだろう。

　姪の名前に「なにそれ？」と疑問の声を発したのは、どうやら倫子一人らしく、娘に「なにそれ？」と言われた母親は、どういう漢字を当てるのかだけを言って、名前の良《よ》し悪《あ》しには触れなかった。それで倫子は、「母親も孫の名前に違和感を感じているのだろう」と思ってそれ以上は追及しなかったが、車に乗ってやって来た息子夫婦を迎えに出た母親が、軽自動車の窓をノックして「フレちゃーん」と言っているのを見て、「現実というのはこういうもんなんだ」と思った。

　当事者というのは、なにもめんどくさいことを考えない。めんどくさいことを考えるのは、その当事者の輪からはずれて、玄関口に立って外を眺めている倫子のような部外者だけだ。

母親は赤い軽自動車の横に立って、中を覗き込んでいる。中の夫婦はなかなか出て来ない。ベビーシートに載せた「太陽爆発」を下ろすのに少し手間取っている。

運転席のドアを開けて、兄の直樹が出て来る。中の妻から娘を受け取って、待っている母親に見せる。

父親の腕に抱かれて、生まれてやっと四カ月の娘は起きているのか、眠っているのか。なんであれ倫子の母は満面の笑みでその孫を迎える。

後から兄嫁の絵里が出て来る。出て来たその場で、「お義母《かあ》さん、明けましておめでとうございます」と言う。

母親は「はいはい」と言って、格別頭を下げる様子も見せない。嫁を蔑《ないがし》ろにしているわけではなくて、可愛い孫の顔を見るのに忙しい。倫子もただ玄関に立っているわけにはいかなくて、下駄箱《げたばこ》から履き物を出して外に出る。

娘を抱いた夫が姑《しゅうとめ》に孫を見せている横に立つだけだった嫁は、出て来る倫子を見つけて、「明けましておめでとうございます」と頭を下げる。

倫子もその場で頭を下げて、「新しい家族がここに始まっているのだな」と思う。

孫娘を抱きたい母親は、息子の腕から孫を抱き取って、「ほら、見てご覧なさいよ」と倫子の方に近付ける。倫子と「太陽爆発」は初対面ではないが、兄嫁は小姑の倫子がどう言うかと思って、立ったまま笑顔を作って見守っている。

「ほら――」と言って、母親は倫子に赤ん坊を差しつける。「太陽爆発」はおとなしく眠っていた。

小姑であることだけは確かな倫子だが、兄嫁に対して格別に含むところはないので、素直に「可愛い」と言う。それればかりは嘘ではないので、兄嫁に笑顔を向けて「可愛いね」と倫子は言う。

兄嫁は、人の好《よ》さそうな笑顔を見せて、首をすくめるように少し頷き、おむつやら哺乳瓶やらの赤ちゃんセットの入ったバスケットを車の中から取り出した兄は、車のドアを閉めると、「早く中へ入ろうぜ」と言う。

「柔道バカ」だとばかり思っていた兄が本格的に一児の父となって、赤ん坊のための用具が入ったバスケットを手にして立っているのを見ると、倫子はやはり言葉を失う。「まさか兄がこうなるとは思わなかった」という思いと、「初めから兄は、こうなるのが似合うような男だった」という思いが一緒に湧き上がって、なんとも言えなかった。

倫子の顔を見た兄は、ただ「おゥ」と言った。そのぞんざいさだけは昔とちっとも変わらない。兄妹だと思うから倫子もぞんざいで、その兄に対して頭も下げず「おめでとう」と言った。

妹の挨拶を受けて、兄も「おゥ、おめでとう」と挨拶を返した。その辺りも昔と変わらないが、父になった兄は、妹の前でわずかながら羞《は》じらいの色を見せる。今になって、自分の妹が皮肉な視線を向けていたことに気がついたように。

千葉県の太平洋側の正月がそれほど寒いわけではないが、息子に「早く中へ入ろうぜ」と言われた母親は突然気がついたように、「そうね、そうね」と言って、「中に入って」と嫁を促す。

「入って」と言われても、嫁が一人で夫の実家にさっさと上がるわけにはいかない。立ったままの兄嫁に「入って」と倫子は声を掛け、後ろを振り向いて「お母さんも！」と言った。黙っていれば、孫を抱いたままの母親はいつまでも外に突っ立っている。

母親は、「はいはい」と、娘に言っているのか、眠っている孫に言い聞かせるのか分からないような調子で言って、ようやく足を運び始めた。

「元気かよ？」と、寄って来た兄が言った。「相変わらずよ」と倫子が答えると、兄は「お前は結婚をしないのか？」と言った。

うっかりそんなことを言ったらセクハラと捉えられる。一応公務員をやっている兄だからそれを知らないはずはないが、妹だと思えばこそ率直な口をきく。昔からデリカシーとは無縁に生きている兄だと思っているから、「お前は結婚しないのか？」と言われても、倫子は怒らない。ストレートに踏み込んで来たそのことが、いかにも兄らしい愛情のように思った。

「しないのか?」と言われて、その時の倫子は焦りもうろたえもしなかった。「するわよ。いつかね」と答えて、それだけだった。子供を持った新婚夫婦の姿を間近に見ながら、二十七歳の古屋倫子には、「結婚」というものがまだピンと来ていなかった。

家に入ると母親は、孫娘を嫁に返して、「今年もどうぞよろしく」の挨拶をし直してから、「食べて」と言って、倫子が東京から持って帰って来たおせちの重を並べた。

「母親一人に任せておくと正月のおせちが寂しくなる」と思う倫子は、何年も前からデパートでおせちの予約をして、それを持って帰省するようになっていた。大晦日《おおみそか》ギリギリまで仕事のある身で、悠長におせち作りをしているわけにはいかない。実家まで届けてくれればいいが、おせちの宅配は都内だけでしかやってくれないから、保冷剤入りの荷物を倫子は千葉まで運んで来なければならない。

結構重い。しかし、持って帰れば、父も母も喜ぶ。結婚前の兄は「おお!」と言って驚喜して、そのくせすぐに「量が足りねェ」と言った。

「足りなかったら餅食いなさいよ」と倫子は言ったが、今年はその餅も変わってしまったらしい。正月の餅は和菓子屋の和田萬に頼んでいたが、その和田萬が「店を閉めた」というのなら、今年の餅はスーパーの餅だったろう。「なにか違う」と思ったが、知らない間になにかは変わってしまう。

予約したおせちを千葉の家に持って帰るようになってから、倫子は「正月を実家で過ごす」ではなくて、「私が実家に正月を届けに行く」と思うようになっていた。それがつらくもせつなくもなかった。兄や両親と離れて東京で暮らしていても、「自分には正月を持って帰る役目がある」と思うと充実して張り切っていられた。それは、一昔前の「お土産を持って帰るお父さん」と同じ家族の成り立たせ方なのだが、それをする倫子は、「自分は古屋家の一員なのだ」と思えて嬉しかった。

誰かに相談してそれを始めたわけでもなく、暮れの東京でおせちの予約開始のポスターを見て、一人で思いついた。父や母や兄がどう思っていたのかは知らないが、共稼ぎの教師の両親を持った倫子にとって、「家」というものは、「自分が頑張って成り立たせるもの」だった。だから、部活を途中で放り出して家に帰り、腹を減らして帰って来る兄のために食事の仕度をした。「クソッ！」と思ったことは何度もあるが、それが自分の家に生まれて家族の一員としてある者の、なすべきことだと思っていた。

長い間そう思っていた。でも、目の前で自分の運んで来たおせちを母親が兄夫婦に振る舞っているのを見たら、なんだか違ってしまっているように思えた。そこには明らかに「家族」の姿があって、しかし倫子はその一員ではない。部外者の目で、その様子をぼんやりと眺めている。

「あんたも食べる？」と、母親は倫子に言った。「ううん」と言って倫子が首を振ると、

「みんな食べてるんだから、あんたもなにかつまみなさいよ」と言った。

倫子は「うん」と言ったが、「でも、お腹《なか》一杯だから」と言って断った。

「じゃ、ビール飲む？　飲みなさいよ」と言って、倫子にグラスを出した。

倫子はふっと、どこかの親戚の家に行ってもてなされているような気分になった。「東京暮らしの長い自分は、もうお客様になってしまった」と思った。

その時に、隣座敷との境の襖《ふすま》が開いて、「おお、来てたのか」と父親が顔を出した。またひとしきり「明けましておめでとうございます」の挨拶があって、酔って寝て起きたばかりの父親に、母親は「あんた少し飲む？」と言った。

父親は「飲む」とも「飲まない」とも言わず、ただ「うん」と言って、おとなしく畳の上で寝ている孫の横にしゃがみ込んだ。

寝ていた娘は目を開けていた。父親は孫の方に顔を差し向けると、「来たのかァ」とあやすように言った。

祖父に顔を近づけられても、愛想のいい娘は泣きもしない。祖父の差し出す指先を見て小さな手を出し、キャッキャと笑っている。

それを見て母親は、息子に「ちょっと——」と言った。

息子が母親の方に顔を向けると、母親は声を低くして、「お父さんの還暦のことなんだけど」と言った。

「せっかくだからさ、みんなで五月の連休に温泉行こうと思うのよ。どうかしら？」

言われて兄は、「ああ」と言った。

「いい？」

「いいんじゃないの？」

「絵里さんは？」

「あ、私も全然」

「そう。よかった。倫子がね、宿を取ってくれるって言うの」

そんな話をまだ倫子は聞いていない。どうせ宿の予約はさせられることになるだろうと思っていたが、そんな話はまだしていない。「どうかしら？」のままで終わっている。

でも母親は気にしない。倫子の方を振り向いて、「じゃお願い。五月って、三日がいい？　四日がいい？　今ならまだ間に合うわよね」と言った。一年前の正月に帰省した倫子の言った、「帰ったらもう、ゴールデンウィークの予約が始まるんだもんなァ、やんなっちゃう」と言ったのをしっかり覚えているのだ。倫子は気怠《けだる》く、「いいわよ。鴨川？　勝浦？」と言った。

母親が「そうね——」と言う前に、孫をあやしていた父親が顔を上げて「なんだ？」と言った。

かくして倫子は両親と兄夫婦のために鴨川に宿の予約をし、人が当たり前に休んでいる五月の連休中にわざわざ有給休暇を取ることになったのだ。

三　母からの電話

連休が近づいた四月の末頃になって、母親が電話を掛けて来た。仕事中の倫子は携帯電話を留守電にしているから、仕事の明けた後にならなければ電話はつながらない。それを知っている母親は、留守電だと分かるとなにも言わずに電話を切ってしまう。そして改めて掛け直して来る。時には何度も。それを知っている倫子は、母親の残した着信記録を見て、「はい、はい」と独り言を言う。用事があるわけではない母親の用事は、なんとなく煩わしい。

つながった母親からの電話の第一声は、「あんたはいつも遅いわね」だった。帰りの遅い娘の一人暮らしを心配してのことではなく、何度も電話をしなければいけない自分の手間を煩わしがってのことだ。

言われて倫子は、「だって遅番だもの」と嘘をついた。本当は早番で、会社の同僚二人と映画を観《み》に行って、食事もして来た。一々それを言うのは面倒臭い。しかし、面倒臭いだけで母親を邪慳《じやけん》に扱うつもりのない倫子は、「なんなのよ?」とは言わなかった。

「働く娘が遅番なら仕方がない」と思う母親は、分かりきっているはずのことを「そうなの」と言って、「あんたは来るんでしょ？」と言った。父親の還暦祝いの旅行に娘が来るかどうかの確認だった。

「行くわよ」と娘は言って、五月四日の土曜日に大人五人と乳児一人のために二つの部屋を鴨川のホテルに予約してあることを、改めて伝えた。そのことはもう三カ月近く前に宿泊料金も含めて伝えてあったはずだが、母親はそれを初めて聞いたように、「じゃ、よかった」と言った。

「それであんたは、こっちに来るの？　東京から直接鴨川に行くの？」と、母親は言った。

倫子の答は「直接行く」だった。

東京から倫子の実家までは、東京駅の地下から出ている総武本線の特急で、一時間半ほどかかる。しかもこの特急は二時間に一本しか出ていない。その特急を乗り逃がすと、千葉まで出て、千葉駅発の鈍行に乗るしかない。あきれたことに、千葉から実家までの鈍行の時間と、東京駅から実家までの特急の所要時間は、ほとんど変わらない。短縮されるのは東京駅から千葉駅までの時間だけで、それを思うとなんだかバカにされているような気がする。「どうせ私の家はそんなところですよ」と言いたい気分になる。

旅行となったら、倫子の一家は早くに家を出る。それと合流するためには、倫子は六時に起きなければならない。「なんで?」と思う。年に五日しかない有給休暇の一日を家族旅行のために割いて、申請制の週に一度の休日をそれに重ねる。普通の人間ならなにもしないで休める五月の四日と五日の、しかも土曜日と日曜日をわざわざの休日にする。そうして寝惚けた頭で実家に帰り、父親の運転する車に母親と同乗して温泉へ行く。子供連れの兄夫婦も一緒に。娘の義務だと思うから「いやだ」とは言えないが、なんだか気分は浮き立たない。だから、実家になんか寄りたくない。一人で直接鴨川へ行く。

今年の正月に帰省した時まで、倫子は家族思いの娘だった。でもその帰省中、家にいる間に倫子の気持は微妙に変化していた。自分は両親や兄を思い、家族を思っていたはずなのに、気がついたらいつの間にか、自分は仲間はずれになっていた。

末娘の倫子は、いつか自分のことを家族の中心であるように考えていた。みんなに可愛がられていたからそう思うのではなく、共稼ぎの両親を助けて家事をやっている内に、そう思うようになっていた。自分がいてこその家族で、自分がいなくなったら家族はバラバラになってしまうのではないかと思っていた。

だから、東京の大学に入った倫子は、東京で「私がいなくて、お父さんやお母さんは大丈夫なんだろうか?」と考えていた。それが逆立ちしたホームシックだとは思わず、実家へこまめに電話を入れていた。そうして、「離れてはいても、私がいてこそ家族は成立しているんだ」と思い込もうとしていた。もちろんそれは、彼女の一方的な思い込みでしかないけれど。

結婚した兄が家を出た時にもその思いは変わらなかったけれど、不思議な欠落感のようなものだけはあった。「きっと、兄さんがいなくなって、母さん達は寂しいんだろうな」と、その欠落感を自分に説明したが、二年後に帰省した正月に「欠落感」だと思っていたものの正体が分かった。

結婚した兄は「自分の家族」という新しい単位を手に入れていた。夫と妻の二人きりになった両親も、「息子の一家と共存する親夫婦」という新しい単位に変わっていた。倫子が留守の間に、古屋家は新しい単位と単位の連合体になっていて、そこに倫子の居場所はなかった。居場所はあったかもしれないが、倫子の役割はなかった。自分を「一家の要石」のように思っていた倫子にさしたる役割はなく、新しく組み替えられた古屋家での倫子のポジションは、「家族同然の親しい客」だった。

それは「疎外感」という単純な言葉で説明出来るようなものだったが、四月も終わりに近づいた倫子は、わざわざ早起きをして疎外感が待っている実家へ喜んで帰りたいとは思わなくなっていた。

一月の段階では、疎外感のようなものを感じている自分を不思議がっているだけですんでいたが、二月に二十八になって、「卵子老化」などということを知って、それまで明確に考えずにいた「結婚」ということを、ぼんやりとでも考えざるをえなくなっている自分に気がついてしまうと、ただの疎外感ではすまない。夫婦単位の結合で出来上がっている「自分の家族」の中へ入り込むのがつらい。

幸福な家族の中で、「あんた、結婚はどうするの？　相手はいないの？」と聞かれたらどうしようと思うと、それがこわい。「お前は結婚をしないのか？」と正月に兄から言われた時には、あっさりと「するわよ。いつかね」と答えたが――その時の倫子は、その程度に軽く、曖昧に結婚を考えていたが、今はもう違う。体の中でなにかが「まだ？」と言って時を刻んでいるような気がする。

へんな切迫感が倫子を落ち着かせずにいて、「行くわよ」と言って、それ以上はなにも言いたくはない。

「じゃ、あんたは一人で鴨川へ行くのね？」と母親は言って、「何時頃着くの？」と尋ねた。

「まだ決めてないけど、四時くらいだと思う」と倫子が言うと、「そんなに遅いの？」と母親は言った。

「だって私、前の日まで仕事があるのよ。帰ったらまた次の日から仕事よ。普通の人だったら休みなのに、私は帰ったら次の日には会社行かなきゃいけないのよ」

「それは大変ね」と、母親は他人事のように言った。他人事と言えば他人事ではあるけ
れど。
「だから私さ、部屋の片付けとか洗濯とかしてからじゃないといけないの！」と倫子は
言った。
花蓮の母親なら、「そういうお仕事は辞められないのかしら？」などと言ったかもし
れないが、ずっと「働く女」だった倫子の母はそんなことを言わない。「じゃ、先に行
って待ってるわ」と言った。
孝行娘の上に何年も接客業をやっていた倫子は、自分がわずかばかり語気を強めた結
果、母親がシュンとしたことに気づいた。それで倫子は、「私だってもう少し早く行き
たいけど」と言った。
「でもさ、ここからだと鴨川まで、外房線の特急で二時間かかるのよ」
東京から特急で一時間半のところに住む母親は、「そんなにかかるの？」と言った。
「そうよ」と娘に言われて、「そうね。車だったら道一本だけど、電車だとここからじ
ゃ乗り換えなきゃいけないもんね。鴨川は不便だよね」と、鴨川の人間が聞いたら怒る
ようなことを言った。
倫子は、母親が話をしたいのだろうなと思って、「鴨川のシーワールドには行く
の？」と誘い水を出した。

「直樹は〝行こう〟って言ってたわよ。フレちゃんに、イルカのショーを見せたいって」

「あの子にそんなの分かるの？」と倫子が言うと、母親は「分かるわよ」と言った。

「だって、フレちゃんもう喋るもの。こないだ直樹達とガストに行ったのよ。フレちゃん、〝バーバ〟って言って、立とうとするのよ。〝危ないから〟って、絵里さん止めたけど、もう可愛いの」

そう言って母親は、ふっと黙った。妙な間が生まれかけて、それを察知した倫子は「そうなの」と言って、会話のハンドルを切った。

「お父さんは？」

「元気よ。元気で大学通ってるよ。代わる？」と、母親は言った。教職を退いた父親は、「勉強をやり直す」と言って、千葉の大学の成人クラスに通って、日本史の勉強をしている。みんな勝手に、自分の生き方を生きている。

「代わる？」と言われて倫子は「うん」と言って、遠い実家では「お父さーん」という声がした。小さく「倫子」と言う母親の声がして、父親が出て来た。

孫の可愛さを口にした母親は、娘のことを考えたのだ。「あんたは？」と言いそうになって、相手を思いやることを職業にした現役の教師である母親は、そこで踏《ふ》み止《とど》まった——そうなのだと、倫子は思った。母親に踏み込まれたくないと思う倫子は、そこで

「父親」というカードを出した。

「どうした？　元気か？」と、聞き慣れた父親の低い声が聞こえた。

「元気よ。お父さんは？」

「ああ、元気だ」

「大学の方はどうなの？」

「行ってるぞ」

「どんな感じなの？」

「いいな。通うのはちょっと大変だがな、毎日とは違うし、改めて勉強するとな、〝なるほど、そういうことか〟とかも思うしな。この年になっても、勉強はいいな」

「そうなんだ」

「おゥ。今度のことじゃ、お前に面倒かけたな」

「いいのよ」

「お前も来るんだろ？」

「行くわよ」

「そうか。じゃ、母さんに代わるな」

そう言って、父親は「おい」と言って、母親に代わった。

父親は一向に変わらない。昔はそんな風に思わなかったが、なんだか父親の話し方が兄に似て来た。人の親となった兄の話し方が父親に似て来たのかもしれないが。

電話を代わった母親が、「じゃァね」と言った。倫子が「はい」と言うと、母親は「じゃァじゃァ、待ってるからね」と言って電話を切った。なんだか知らないが、嬉しそうだった。

母親の嬉しそうなはしゃぎ声が耳の奥に残る倫子は、広くない1Kの自分の部屋を見回した。なんだか寂しくて、この程度の部屋しか借りられない自分は惨めなんだろうかと、それまでに感じたことのないような寂寥《せきりょう》感を持った。「転職した方がいいのかな」と思って、「でもそれなら、まず結婚を考えるべきだな」と思った。

「どうやって結婚するんだ?」などとは思わず、ついぞ考えたことのない新しい選択肢を思って、目の前が明るくなるような気がした。

四　千葉へ行く

旅行の前日、案の定母親からまたしてもの電話が掛かって来て、「明日来るんでしょう?」と言われた。倫子は「行くわよ」と言って、母親は翌日の一家のスケジュールを倫子に話した。車で九十九里浜《くじゅうくりはま》沿いの道路を南下する予定で、息子夫婦と一緒に乗れるワゴン車を借り、途中で鴨川シーワールドに寄って、倫子が着く前の三時過ぎにはホテルにチェックインをしていると。

倫子は「はい、はい」と聞いて、言うだけのことを言った母親は、「それじゃね、明日」と言って電話を切った。倫子は軽い徒労を感じて、「フーッ」と息を吐いた。母親を疎《うと》む気はないが、「自由でいいな」と思った。

自分は「自由」にはなれない。自分の思う「自由」と、母親や、それから世のオバさん達の実現している「自由」とでは大きく違うものがあると、会社にやって来るケチなブランドおばさんのことを思い出した。

思い出しても「あーあ」という声しか出ない。ボーッとして、倫子は明日の朝のするべきことを考えた。

明日はここに帰って来ないのだから、朝食が終わったらすぐに食器を洗っておくようにする。休みの日と同じだから、さっさと掃除をして、洗濯物を持ってコインランドリーへ行く。そう思って、「洗濯機の置ける部屋がほしいな」と思った。「明日はいないんだから、洗うだけじゃないぞ。乾燥機にかけるとこまでしなくちゃ」と思って、「じゃ何時に起きればいいのかな？」と思いながら「ああ、めんどくさい」と思った。

既にＪＲの特急指定券はゲットしてある。東京駅まで一時間はかからないが、二時の特急に乗るのなら、一時前には家を出た方がいい。「もしもコインランドリーが混んでたら」と考えて、「ああ、めんどくさい。九時に起きよう。それで全部片付けよう」と思って、「ああ、めんどくさい」という気分を一掃しようとした。そうしたら急に頭の中が空っぽになって、テレビを点《つ》けた。

なにを見たいわけでもないし、実際、映っているテレビを見てもいない。ぼんやりなにかを考えていて、その頭がへんな方向に行かないように、防護対策として見なくてもいいテレビを点けている。

「考えたいこと」というか、「考えなくちゃいけないいな」と思うことはいくらでもある。でも、なにをどう考えたらいいのかが分からないし、「結婚」ということだけがあって、それを考える具体的な方向性というのがよく分からない。考え始めると、なんだか分からない断崖絶壁の上に立たされてしまうような気分になる。だから、あまり余分なことを考えたくない。だから、「明日なにするんだっけ?」と考える。

「明日の予定」があると安心する。だから「考えなくちゃいけないこと」は、ぼんやりとどこかへ行ってしまう。冷蔵庫から酎ハイの缶を出した倫子は、ピンクのカーペットの上に置かれた一人用のテーブルの前に足を投げ出して座って、酎ハイの缶を開けた。開けた瞬間の「プシュッ」という音が心地よくて、刺激的なグレープフルーツの味を舌で感じながら、「なんだ、明日は休みなんだ」と、今更ながらのことに思い当たって安心した。

「そうなんだ、休みなんだ」と思って、見てもいないテレビの画面をぼんやりと見つめた。

　次の日は晴れていた。休日の朝は静かで、九時前に起きた倫子はさっさと朝食を摂ってきぱきと食器を洗い、徐々に大儀になりながらも、部屋に掃除機をかけ、洗濯物の入った袋を持って外に出た。五月の空は晴れていて、朝の冷気と日の光の暖かさが入り混じった絶妙な心地よさを感じた倫子は、「ああ、一人でぼんやりしてたい」と思った。

　そう思いながら、コインランドリーの乾燥機の前の椅子に座ってぼんやりしていた。持って来た読みかけの本を開いて、「私はここで男を探しているのではありませんよ」という態勢を作り、「でも、テレビドラマだと、ここに若い男が来るんだよな」と思った。

「なんだかんだがあって、それできっかけって生まれるんだよな」と倫子は思ったが、倫子のいるコインランドリーには、背中に厚い肉の付いた若い男と、胡麻塩頭《ごましおあたま》でサンダル履きの中年男しかいなかった。開いた本のページに目をやりながら、「コインランドリーに江口洋介は来ないよな」と思って、「なんで江口洋介なんだ?」と、自分にツッコミを入れた。昔、江口洋介がクリーニング屋の兄ちゃんをやっていたドラマが頭の隅をかすめただけだった。

やるべきことは昼前で終わって、時計を見た倫子は、「結局私は、いやがってただけなんだな」と思った。「どうしようかな?」と思って、倫子は「少し早いけど、東京駅に行っておこう」と思った。仮にも自分は旅行会社の社員なのだから、時々刻々変化を遂げる東京駅の様子を知っておかなきゃと思った——その実は「東京駅でなんか食べよう」なのだが。

不思議なことだが、一人でいると浮き浮きするような楽しいことを思い付く。それで、「なんで結婚なんていう面倒臭いことを考えなくちゃいけないんだろう?」と思う。「旅行会社なら旅行に行けるな」と思って現在の会社に入社した倫子なのだから、休みになって浮き浮きするのは当然なのだが、休日の人混みは、そんな倫子の胸の内を少しずつ打ち砕く。

どこへ行っても人がいる。駅にも人がいて、電車の中にも人がいて、その人達はみんな、誰かとカップルになったりグループになったりしているのではないかと思えてしまう。

一人で歩いている女の姿は目に入らない。一人でモゾモゾと歩いているのは、おたくっぽい男だけのような気がする。ベビーカーを押したり、父親が子供を抱えている若いカップルが多い。人は、自分が気になるものばかりを選んで見つけ出して見る生き物だから、倫子は倫子なりに特殊な見方をしてしまう。

一年前なら、若いカップルが子供を抱えて歩いていても、なんとも思わなかった。「そういう人もいるな」と思っていただけだったのに、今の倫子は若い子連れのカップルを見るとドキッとしてしまう。以前はそんな風に思わなかったが、「この人達は結婚をしているんだ——」と思ってしまう。そして、「どうしたら結婚が出来るんだろう？」と思ってしまう。もし出来るのなら、直接声を掛けて、「どうして結婚出来たんですか？」と聞いてみたくなる。

「結婚」の具体的なサンプルが、倫子はそれ以外に見つからない。それで直接聞いてみたいとは思うのだが、もちろんそんなことが出来るわけはない。だから、子供連れの若いカップルを見ると、「どうしよう？」と思ってドキッとしてしまう。

飲食店や弁当、土産物の店が蝟集《いしゅう》している東京駅の地下には人も蝟集していて、普段、人の休む休日に休みを取る習慣のない倫子は、「これが普通の人達か——」と思って我が身の不明を恥じた。「東京駅でなにかを食べよう」とは思ったが、よく考えたら東京駅は通り過ぎるところで、じっくりと腰を落ち着けるところではない。「コーヒーを飲もうか」と思っても席がない。ようやく空いている席を見つけてセルフサービスのコーヒーを運んだが、あまり落ち着かない。早々に席を立って、弁当を買いに向かった。

そこも同じで、陳列ケースの前に中高年女性のグループが立って、ああだ、こうだとグズグズ騒がしい。横から手を伸ばして小さな手毬寿司《てまりずし》を取って買うと、別の中高年女のグループが倫子を押しのけて来た。「あら可愛い」「可愛いわね」と言っているので、倫子は一人で「お前が言うな」と毒づいた。毒づいてからふっと思った。「このめんどくさく騒がしい中高年女は、みんな結婚しているんだ」と。

存在そのものが騒がしい中高年女達は、どう見ても独身とは思えないような、過剰な余裕に満ちている。それで、手毬寿司の入ったビニール袋と小さな旅行鞄を提げた倫子は、「あの人達はどうして結婚が出来たんだろう？」と思った。

世界は謎に満ち満ちている。騒々しい中高年女達が既婚者になっていられる理由と、若い子連れのカップルが存在している理由はどうあっても同じではない。結婚というのは愛を誓うことによって成り立つはずだが、世間にはそんな無謀な問いを蹴散らす既婚者がいくらでもいる。そんなことを考えてもみなかったが、考えてみると、彼や彼女が結婚しているということは、大いなる謎だ。そんなことを考えて人混みの中を歩いていたら、若い女の引っ張っているカートに足を轢《ひ》かれそうになった。

なんと世の中には、考えるべきことがいくらでもあるのだろうと思って、安房《あわ》鴨川行きの特急が出ている地下ホームへ向かうエスカレーターに倫子は乗った。

千葉行きの特急が出るホームへ向かうたびに、倫子は思う。「他の電車はみんな地上ホームからなのに、どうして千葉行きだけは地下なのだろう？　しかも地下の五階などというとんでもないところで」と。おまけに錦糸町《きんしちょう》までは長いトンネルの中だ。「そんなに千葉へ行くことを秘密にしたいのか」と実家へ帰るたびに思う。

普段はそれほど賑わったりもしない地下のホームが、さすがに連休で混み合っている。倫子が乗る総武本線とは違って、観光地の鴨川へ行く外房線の乗客は、家族連れが多くてカラフルだ。帰省の時に倫子が乗る特急は、どういうわけか男の客が多い。それを見て倫子は、「自分が育ったのはこういうところなんだな」と思った。東京へ出て来る前は、そうは思わなかった。どこの男も、ただ「男」だった。それがいつの間にか、「千葉の男だ」という識別をしてしまっている。どこがどうというわけではなく、千葉の男は見るからに「千葉の男」なのだ。自分が変わったのか、なにがいけないのか、いつの間にか故郷の男達に対して「違うもの」という感じを抱いている。

自動販売機でペットボトルのお茶を買って、ドアの開いた列車に乗り込む。通路の反対側は自分の両親よりも年のいった夫婦と思《おぼ》しい男女で、その前には、座席を回転させて向かい合わせに座った中高年の女性グループが、既に騒々しくなにかをガサつかせながら物を食べている。倫子の隣は幸いながら空席で、窓際に座った倫子は、見るともなく味気ない地下ホームの壁を見ている。

そんな倫子に似つかわしいＢＧＭというものはない。昭和の昔なら、「一人旅の女がどうした」というような物悲しい演歌のメロディが浮かんだかもしれないが、もう演歌の時代は終わって、倫子はなにを考えるでもなく、窓の外の壁を見る。

車内に聞こえるか聞こえないかの音量で発車を告げるベルがホームで鳴り、電車は暗いトンネルの中を静かに動き出す。暗くなった窓には、通路の向かい側に座る夫婦の姿が映り、耳からはなにが嬉しいのか分からない中高年女達の喋り声が聞こえて来る。窓の中の老夫婦の妻は夫になにかを話し掛けて、夫もそれに応えている。なにを言っているのか分からない老夫婦の沈黙劇を見て、倫子はふっと、「うちの両親は結婚の時に愛を誓ったりしたんだろうか？」と思った。


両親の結婚式の写真は見たことがある。母親は白い打ち掛けに角隠しをつけた日本髪で、父親は黒いモーニングを着ていた。「私はやだって言ったのよ。ウエディングドレスを着たいって言ったのに、神前結婚だから和服を着せられたのよ」と母親は言った。母親のウエディングドレスが似合ったかどうかは分からない。「着物でよかったんじゃないか」と、その写真を見た小学生の倫子は思った。それは、誰にでもある一生に一度の厳かな瞬間を撮った写真で、「そこに若い日の父と母がいる」以外のことを子供の倫子は考えたりしなかったが、その厳かな父と母は、互いに「愛」を誓い合ったりしたんだろうか？

「きっと誓ったんだろうな、結婚式なんだから」と倫子は思ったが、その倫子は、昔の神前結婚が神主の振る御幣《ごへい》でお祓《はら》いを受けて三々九度の盃《さかずき》を飲み干すだけのもので、当事者同士の「誓いの言葉」などというものを必要としないものだということを、知らなかった。結婚というものは、「厳粛」によって成り立つもので、当事者同士の「愛の誓いの言葉」によって成り立つものではなかった。それを知れば、倫子が「不可解」と思う「結婚のその後に関する謎」はなくなっていただろう。

一生に一度の厳粛で成り立った結婚は、その厳粛が風化すれば違うものに変わる。だから日本のどこにでも、「どうしてこの人達は結婚出来たの？」と思えるような中高年女は氾濫しているのだ。

厳粛がほどけた結果だからこそ、コミュニケーションがあるんだかないんだか分からないが物静かで親密な夫婦というものが存在する。騒々しい既婚女も存在する。しかし、当然倫子はそんなことを知らない。だから、暗い窓の外を見ながら、「ウチの両親の結婚てなんなんだろう？」と考えている。

喧嘩はするが、仲は悪くないと思う。「仲は悪くない」と思うと、もうそれだけだ。「我が両親は愛し合っている」とは思えない。憎み合っているわけではないが、「愛し合っている」という言葉がふさわしい夫婦関係だとは思えない。「じゃ、なんだ？」と考えると、「よく分からないが、夫婦であることに間違いはない」というところにしか行き着かない。「夫婦」であって、それ以上でも以下でもない。

だから、「自分の父親と母親が離婚するかもしれない」ということが、倫子には考えられない。「仲がいいから」ではなくて、「初めから一体であるようなものが、どうしてわざわざ個を主張するようなことをするのか」と思ってしまうからだ。

自分の父親と母親のあり方を理想の夫婦と思う気もないが、父親と母親のような夫婦になっても悪くはないと思う。しかし、どうすれば自分が、父親と母親のような夫婦になれるのかは分からない。自分の両親は、初めから一組の夫婦で、どういう男女がいかにしてその「一組の夫婦」になったのかが、まったく分からないからだ。

両親に聞いても分からない。「どうして結婚したの?」と母親に聞いたら、「え?」と言って、「お父さんに申し込まれたのよ」と言った。「そうなの?」と小学生の倫子が父親に聞くと、父親は「そうだ」と言った。「どこで? どこで、どこで?」と更に聞くと、「職員室の入口で」という答が返って来た。

「本当?」と振り返って母親に聞くと、母親は黙って頷いた。小学生の倫子にとって、職員室が愛を囁く場所だったというのは意外すぎる事実だったが、「本当」だというのだから仕方がない。突っ込みようのない倫子は、「愛してたの?」と父親に聞いた。

父親は大げさな表情を浮かべて「愛してたさ」と言って、倫子は「ウッソー!」と言った。娘に否定されても、母親は「愛してたのよ、私のことを」と言って、それに対して小学生の倫子は、「やだーッ!」と言った。それで二人は笑っていたのだから、それもまた「愛のある結婚」かもしれないが、「職員室の入口」以前になにがあったのかは分からない。それを説明されても、きっと倫子は「どうして自分の両親が一組の夫婦になれたのか」は分からないだろう。

倫子は、「結婚を可能にするスプリングボードとはなにか?」ということを知りたいのだ。しかしそれを尋ねて、倫子を納得させる筈が返って来るとは思えない。倫子は勝手に、「結婚を可能にするスプリングボードというものはある」と思っているが、昔の夫婦からすれば、そんなものはない。結婚というものは「するもの」で、そこに決断のスプリングボードがあるとしたら、「この人と結婚するかどうか」という決断だけだ。「愛する人」が現れる以前に、「この人」は現れてしまう。決断をするのなら、そこで決断をする。「この人」というものが存在しない倫子がいくら結婚を考えても、そこに倫子を納得させるスプリングボードが登場しないのは致し方ないことだ。

列車はトンネルを抜けて、「賑やか」であるような午後の町へ突入した。見慣れたと言えば見慣れた外の景色に焦点を合わせて、倫子はペットボトルのお茶のキャップを取って一口飲んだ。なんだか眠くなった。「手毬寿司なんて買ったけど、どうしよう?」と思って目を閉じた。

結婚に関する倫子の思索が徒労に終わるのは、倫子に結婚を考える相手がいないからで、そのためグルグル回りをする。昔なら、「だから、そんなこと考えたって仕方がないでしょ」と誰かが言った。誰かの多くは母親だが、父親だって言う。昔の話は簡単で、グルグル回りの空論に時間を費やす娘の前に、親はさっさと見合いの話を持って来る。「この人ならどうなの?」というスプリングボードが持ち出されて、話はいたって簡単になる。でも、今の親はそう簡単に見合いの話を持ち出さない。

「娘は自力で相手を見つけられるんじゃないか?」と、娘の力を過信している。「当人がその気になれば結婚なんか簡単に出来るんだけど、当人がね——」と、人間関係そのものが希薄になってしまった社会のあり方を考えずに、当人のせいにする。「結婚、結婚」とうるさく言って時代にそぐわない古い母親と思われることをいやがって、あえて黙っている。

倫子の母親は地元の中学教師で、広い人脈を持っている。退職した父親も同じで、だからこそ「みんな」が集まってお祝いの会を開いてくれる。そういう広い人脈があるにもかかわらず、倫子の母親には「見合いの話を娘に持って来る」という発想がない。困ったことに彼女は、「結婚は当人の自由意志によるもので、見合いという手段は封建的だ」と、どこかで思い込んでいる。だから、「当人の意志」を尊重して、「みんな」が来る父親の祝いの会に「あんたも来る?」と言う。「相手がいないんだったら、あんたの知ってる人だって来るお祝いの会に出て、自分の相手を探したら？」と遠回しに言っているのだ。

そんなことを言われたって、倫子にはなんのことやら分からない。どうも、倫子の母親に限らず、教師というものは教え子同士をくっつける見合いというものに積極的ではない。「結婚とか恋愛というものを、上からの力で強圧的に押しつけてもよいものか？」と思っているフシがある。だから、倫子の母親の中に「娘の縁談」を考える頭はあるが、「娘の見合い」という発想がない。倫子の方にだって、「お母さん、誰かいい人いないの？　お見合いの話ってないの？」と言うような発想がない。「それを言ったらすべて終わりの全面降伏」とでも思われているから、一向に進展はない。

「土地の男と結婚したいかどうか」というのはまた別の問題で、とりあえずは「会ってみない？」でいいのだが、そういうことをしようという発想がどこにもないので、倫子は一人で足掻いている。

「そういうことなのか。昔には見合いという手段があったから、多くの人が結婚という厳粛の前に立って記念写真を撮ることが出来たのだ」ということを知らぬまま、千葉の市街地を行く列車の中で、倫子はうたた寝をしていた。

五　家族のいる風景

倫子が鴨川のホテルに着いた時、両親も兄夫婦も部屋にはいなかった。倫子を案内して来た客室係のおばさんが、部屋のドアに鍵が掛かっているのを見て、「御入浴中のようですね。どうなさいます?」と倫子に言った。

「どうするって?　どうすればいいのよ?」と思う倫子は、「中で待ちますから、開けてもらえます」と言った。客室係のキーで開けてもらった部屋に入って、「私だって客なんだから、〝中で待ちます〟はへんだな」と思った。

三階の客室は当然のオーシャンビューで、窓際の椅子に座って飲みかけのペットボトルのお茶を飲んで五月の海を眺めていると、外の廊下に人の気配がした。浴衣に羽織姿という湯上がりの両親が、風呂から戻って来た。

鍵を開けた父親が「おゥ、来てたのか」と言うと、その後からテラテラの顔を覗かせた母親が、「あら、来てたの?　あんまりいいお湯だったたから、つい長湯をしちゃった」と言って入って来たが、すぐに入ったばかりのドアを開けて、「絵里さーん」と隣の部屋に入った息子の嫁を呼んだ。

「聞こえないか?」と言って、母親は部屋を出て行き、濡《ぬ》れたタオルを手にした父親は、バスルームのドアを開けて覗き込んだ。

椅子から立った娘が「なにしてるの？」と言うと、父親はなにも言わずにバスルームの中へ入り、「これをな――」と言って折り畳み式の金属製のタオル掛けを持って出て来た。父親は窓際にタオル掛けを置いて、濡れた自分のタオルをそこに広げて掛けた。浴用タオルなら大浴場に備え付けで、それをそのまま置いてくればいいはずだが、律儀な父親は部屋からタオルを持って行って、それをまた戻した。

父親の背中に、倫子は「お父さん」と声を掛け、振り向いた父親に「お父さん、還暦おめでとうございます」と言った。

実のところ倫子には、還暦がどうめでたいのかは分からない。分からないが、「お祝いをするものだ」ということはぼんやりと分かっているから、それなりの挨拶をした。

父親は、娘が「おめでとう」と言ってくれるものだからそれなりの嬉しそうな顔を見せて、「ああ、ああ、ああ。今日は、すまなかったな」と、宿の予約をしておいてくれた娘に礼を言った。

テーブルの前に腰を下ろした父親に「このホテルどう？」と言って倫子も腰を下ろそうとした途端、コンコンとドアを叩く音がした。

オートロックのドアを倫子が開けると、「鍵忘れちゃって」と言う母親が立っていて、その後ろに「太陽爆発」の娘を抱いた兄嫁が湯上がりの顔を覗かせていた。

倫子が兄嫁に「こんにちは」と言うと、兄嫁は少し遠慮するような表情で頭を下げ、嫁と孫を従えた母親は倫子を押しのけるように「入って、入って」と言って、息子の嫁と、その後からボーッとでかい浴衣に羽織を着た兄が、「おゥす」と言って入って来た。

急に部屋の中の温度が上がったような気がする。畳敷きの部屋の中には、全身から湯気を立ち上らせかねないような湯上がりの四人と、ピンクの着ぐるみを着せられて頬を紅《あか》くしている八カ月の幼子がいる。ただでさえ雑然とした家族が、緊張とは無縁の浴衣姿で一部屋に固まっているのを見ると、「家族なんだな」としか思えない。

倫子は、去年に買ったシャーベットイエローのスーツを着て、テーブルの端で横ずわりになっている。ネイティヴ達の集会所に紛れ込んだ都会人のようなものだ。

家族は家族で集まって、まず一息つく。「さて、どうするか――」の後を続けるのは、お喋りなお調子者の役目で、倫子の母がその役を買って出た。

母親は、倫子のスーツを見て「いい色ね、それ」と言い、「ねェ絵里さん？」と息子の嫁に相槌《あいづち》を求める。子供を抱いた兄嫁が振り返って、「そうですね」と聞こえるか聞こえないくらいの声で言うのは真実らしくていいが、同じテーブルの倫子とは反対側の端に座った兄や、父親までもが、「どれ？」と倫子の服を注視する。父や兄が倫子の着ているものを見て適確な批評を下したことなどは一度もないから、「これ去年買ったのよ」と倫子は言う。

母親の答は「そう?」で、だからどうだというわけではない。すぐに「お茶淹《い》れるわね」と方向を切り換え、「絵里さん、フレちゃん下ろしたら? 平気じゃない? 少し暑がってるわよ」と言って、部屋に備え付けのジャーに手を伸ばす。

当然兄は、「俺、ビールの方がいいな」と言う。母親は、「後二時間でしょ、食事まで。待ちなさいよ」と言うが、父親は「いいじゃないか、今日は」と言って、顎の先で息子に冷蔵庫のドアを指し示す。

図体はでかいくせにいざとなると動きの素早い兄は、浴衣の裾を押さえるように脚の間を軽く手で叩いて立ち上がり、それを見た兄嫁は、「あ、私がやるわよ」とのたのたと立ち上がる。当然その動きは兄の方が速くて、浴衣姿の妻がただ立っている前でビールを取り出し、備え付けの冷蔵庫の上にあるグラスまで二つ手にした。

母親は「絵里さん、座んなさいよ。やらせておけばいいのよ」と言って、母親の腕から離れた「太陽爆発」は、這《は》って倫子の方にやって来る。

なんだか分からないものを見上げるような幼い「太陽爆発」に向かって、倫子は顔を近づけて「こんにちは」と言う。母親に見守られている幼い姪はそれに無関心で、まだ茶を淹れていない倫子の母親は、まだ喋れない孫に向かって、「フレちゃん、叔母さんよ、叔母さん。〝こんにちは〟って——」と、無茶な指導をする。

「〝オバサン〟だって。オバサンだよね私は」と思う倫子は、「そんなことは気にしてない」ということを示すために、もう一度姪に顔を近づけて、「フレちゃん、こんにちは」と言う。

「なるほど、〝フレちゃん〟と言っていれば、正式名称がどんなものかは気にならない」と、倫子がよけいなことを考えてしまうと、その邪気を察知したのか、「太陽爆発」は急に顔を歪《ゆが》めて「わーッ！」と泣く。

ビールのグラスを持った兄は、「おッ」と言って娘の方に顔を向け、兄嫁はすぐに娘を抱き上げて、立ってあやしながら義理の妹に「ごめんなさいね」と言う。

湯上がりの熱をまだ放散し続けている兄嫁の浴衣の下の体は見るからに「豊満」で、それを見た倫子は、「結婚というのはこういうものだな」と思った。なんだか知らないけど、肉が付く。

急須を手にしたまま腰を浮かせた倫子の母は、嫁の腕の中でむずかる孫の様子を、心配と嬉しさの入り混じった表情で眺め、湯上がりの紅い顔を更にビールで紅くする倫子の父は、幸せそうな表情で嫁と孫娘の様子を眺めている。

倫子の母親は目の前の茶碗《ちゃわん》に茶を注ぐと、倫子に向かって、「あんたも早く、お湯に入って来なさいよ」と言った。

倫子には、別に異を唱える理由もないし、仲間はずれにされるとも思わないから、

「そうする」とは言ったが、たった一つ、母親の淹れた茶の行方が気になる。それを知るのか知らないのか、倫子の母親は「いいお湯よ」と言って、自分の淹れた茶碗の茶に口をつけた。

まるで茶碗酒をぐい飲みするようなポーズの母親は、立った倫子に入口近くの部屋の隅を指して、「浴衣、そこだからね」と言った。

言われた先の観音開きの扉を開けると、ハンガーに掛かった両親の服の下に、折り畳まれた羽織と浴衣が置いてあって、小さなビニール製のポーチに入った洗面道具とタオルも置かれていた。

「お風呂場になんでもあるからさ、持ってかなくても大丈夫だよ」と母親は言ったが、その母親には、二十八歳になった娘が旅行会社に勤めているという自覚はあまりないらしかった。なんの気なしに倫子は振り返って、窓の外を見た。外はまだ明るくて、窓際のテーブルの上には、飲みかけのペットボトルがポツンと立っていた。

それを見て倫子は、「あれが大人になった自分だ」と思い、親になってしまった人間にとって、「自分の子供」は永遠に「自分の、子供」のままだということに、初めて気がついた。

大浴場の脱衣場の外には休憩室がある。湯上がりの倫子は、そこに置いてある無料《フリー》のオレンジジュースを飲んで、火照った体を冷やした。クッションの利いた椅子に凭《もた》れていると、浴場で姿を見た幼い娘連れの母親がやって来た。

湯上がりの母親はどこかボーッとしていて、軽く目礼をした倫子の様子に気づかなかった。倫子は、別にどうとも思わない。「今帰っても、部屋はまだ暑いままかな」と思った。

家族というものは、密度が濃くて暑苦しいものらしい。家族が二組になったら、それ自体がホームサウナのようなものだ。でも、「それがいやだ」とは思えない。「そういうものはそういうもので仕方がないのだな」と思って、姪の芙鈴亜よりも年長の娘が自力で椅子に這い上がろうとする横で、冷たいオレンジジュースを飲み干した。

黙って這い上がろうとする幼い娘を見て、「子供を産むってどういうことだ？」と倫子は思った。倫子の横で足掻いている娘を見た母親が「すいません」と言って近寄って、子供をひょいと抱き上げるのを見て、「いいえ」と言いながらも、倫子は複雑な気分に襲われた。

「子供を産んだんだからえらいんだな」と、湯上がりの髪を生乾きにしたままの母親を見て、思おうとして、そうは思えず癪《しゃく》にさわった。娘を抱いた母親は倫子と同じような年頃で、そうだと思うと癪にさわる。子供も可愛くないと思って母親も図々しい感じがして、そう思う自分の悪心を見透かされたくない倫子は、軽く一礼をして休憩室を出た。

六　結婚て、どうなの？

食事は、一階下の「食事処」なる場所へ行って摂る。予約の際に倫子は、部屋食の出来る旅館にしようかとも思ったが、そうなると部屋も大きな五人部屋になる。割高でもあるし騒々しくもあるので、自由が利いて割引きも利く観光ホテルにした。

案内されたのは六人掛けのテーブルで、箸と前菜の皿と伏せたビールのグラスと小さな取り皿がセットされているテーブルの一番奥の壁際の席に、兄の直樹はためらうことなく座った。倫子の母は「お父さんは真ん中ね」と言って、息子の前に座る。父親はその隣に。「絵里さん、座って」と姑に言われた兄嫁は、娘を抱いて舅《しゅうと》の向かい側に。「大丈夫よ、置きなさいよ」と姑に言われて、嫁は藁座《わらざ》の置かれたベンチ状の空いている隣の席に娘を座らせ、倫子は父親の横の通路側の席に着いた。

倫子の目の前には、テーブルに手を届かそうとする幼い姪の、その小さな手だけが覗いている。「大丈夫よ」と言ったばかりの姑は、息子の嫁に「絵里さん、気をつけてね」と言って、倫子は兄嫁がなにかを言う前に、「私が見てる」と言った。浴衣の上に羽織を着た湯上がりの倫子は、もうツアーコンダクターになった気でいる。

立ったままでいた燕脂《えんじ》の作務衣《さむえ》姿の客席担当の娘が「お飲み物はどうしましょう?」と言って、母親は、「ビールね? まず二本? 三本? 二本でいいわね」と注文した。ビールが運ばれて、グラスに注ぎ分けられて、型通りの「乾杯」があった後で、五人前の大きな舟盛りの刺身が二人がかりで運ばれて来る。倫子の両親と義理の姉はその豪勢さに声を上げて、柔道バカだった兄は声を上げる代わりにビールを飲み干し、空のグラスにビールを注いで、「もう二本持って来て」と言った。

倫子は、「あーあ、好きにしろ」と思う。飲んで食っていれば、兄は一向に手が掛からない。テーブルの中央に置かれた大きな舟型容器の上では、鯛《たい》や鮃《ひらめ》が舞い踊るばかりではなく、身をぶつ切りにされていることを知らない伊勢海老《いせえび》が触角を動かし、鰹《かつお》と鮑《あわび》と栄螺《さざえ》が同居する横では、鯵《あじ》のなめろうが控え目な顔をして山盛りになっていた。

身を乗り出して倫子の方に顔を向けた母親は、興奮を抑えながら「すごいわねェ」と言った。教師を辞めて大学生に戻った父は、ビールのグラスを手にして「うん」と言った。

「満足した?」と倫子が言うと、母親は「大満足よ」と言って割箸を割り、「絵里さん、食べて」と言って刺身に箸を伸ばし、ビールを飲んでワンテンポ遅れた父親も、「すごいな」と言って箸を伸ばした。

「役目を果たした」と思う倫子も、「絵里さん、食べてよ」と言って、自分の箸を割ったが、言われた兄嫁は「だめ!」と言って、伸びをして届かないテーブルに手を伸ばそうとする娘の体を抱き止めた。うっかりすると、まだ小さな娘はテーブルの下に転げ落ちてしまう。

　兄嫁の腕の中で、なにがほしいのか幼い娘はしきりに動き回って、食事を摂ろうとする兄嫁の邪魔をする。「よし、俺のとこに来い」と言って、父である兄の直樹は娘を抱いて膝に載せる。その様子を倫子の母は箸を持ったまま口を半開きにして、まぶしそうに見ている。

「本当に大変ね」と、夫の膝に移った娘を見ている兄嫁に向かって、倫子は言った。

「ほんとに、じっとしてないのよね」と、自分の取り皿に刺身を移しながら兄嫁は言って、箸を持ったままの倫子の母は、これに対して、「これから歩き出したら、もっと大変よ」と嬉しそうな顔をして言った。

　娘を膝の上に載せた兄は、片手で娘を支えて足で器用にバランスを取りながら悠然と飲み食いをして、孫の様子が気になる母親から「気をつけなさいよ」と言われても、「ふん」という生返事しかしない。父親は、舟盛りの刺身を顎で指して、「あれちょっと取ってくれ」と母親に言う。男達は、父も兄も、飲ませて食わせておけばなにも言わない。「途中の手毬寿司がちょっと失敗かな」と思う倫子は、鯛の刺身を少し取って、「結婚て、どう?」と兄嫁に聞いた。

来る途中、「どうしてこの人達は結婚なんか出来たんだ?」と、若いカップルや騒々しい中高年女を見ていた倫子は、自分の目の前に「独身から抜け出した女」がいることに突然気がついたのだ。

鮪《まぐろ》の刺身を口に入れた兄嫁は、言葉と鮪の刺身を口の中で一つにしたまま「うーん」と言って、「〝どう?〟って言われてもね」と答えた。

「大変?」と倫子は言う。

「なのかもしれないけど、私は今、育児休暇の最中でしょ。子供の手は掛かるけど、専業主婦とおんなじだから、それほど大変とは思わないのよ。直樹さんだって手伝ってくれるしさ」と兄嫁が言うので、倫子は「へー」と言った。

結婚した兄は以前の兄とは違っているが、しかし「あのなんにもしない柔道バカの兄ちゃんが?」と思うと、やはり「へー」でしかない。娘を膝の上に載せた兄は、なめろうを口に運んだ箸を咥《くわ》えたまま、「なんだよ?」と言った。

その兄を横目に見て、「手伝うってなにするの?」と倫子が言うと、兄嫁は、「子供のおむつ換えとか、食事の後片付け?」と、半疑問で返した。

倫子が「ほんと?」と言ったところで、作務衣の娘が煮物の入った蓋付きの鉢を持って来た。テーブルが広くて、娘の手では奥の席まで届かない。倫子は、「そこに置いて。

回すからいいわ」と、自分の前のテーブルを指した。娘は「すみません」と言って、鉢を一つ一つ倫子の前の空いたところに置いて、ツアーコンダクターの倫子は、「はい」と言って一つ一つ一つを送って行く。

「お父さん、これお母さんに回して」と倫子に言われて渡された鉢を、父親は母親の前に置く。置かれた母親は「あれ？」と言って、その鉢を息子に回そうとする。その息子のところには、妻から鉢が回って来ている。母と妻の両方から煮物の鉢を贈られそうになった兄は、なんの頓着もなく妻から渡された鉢の蓋を開けて、中の具材を見回している。蕗《ふき》と筍《たけのこ》と雁《がん》もどきだから、見るだけで食べはしない。

「あれで家事を手伝うんだろうか？」と倫子は思って、兄のことは無視して兄嫁に、

「育児休暇っていつまでなの？」と聞いた。

「二年だからまだあるけど、なんか、そんなに休んでいいのかなって、私は思うの」と、兄嫁は答えた。

「そんなに働くのが好きなの？」と義妹が言うと、「そうじゃないの。育児休暇、そんなに取れない人だっているでしょ？　なんか悪いなって」と兄嫁は答える。

「いいじゃない、権利なんだから」と倫子が言うと、兄嫁は「うん――」と言葉を濁らせた。

「もしかしたら絵里さん、早く職場復帰したいの？」と言うと、「うん。休んでると仕

事遅れちゃうでしょ？　人手だって足りないし」と答えた。

「絵里さん、なんだっけ？　役所で」

「私？　厚生課」

「我が兄嫁は、高齢化した市の老人達のために働きたいのだろうか？　我が市、我が町はそんなに高齢化が進んでいるのだろうか？」と、倫子は勝手なことを考える。

「そんなに人手が足りないの？」と言うと、兄嫁は、「というか、退屈なのよ。働かないと。家の中って、そんなに仕事ないし、私、家事ってそんなに好きじゃないし」と、兄嫁は本音を吐いた。倫子は、「ああ、ウチの嫁だ」と思う。


兄嫁と母親はよく似ている。母親も「家の中のこと」はそんなに好きではない。几《き》帳《ちよう》面《めん》な性格だから、掃除だけはテキパキとやるが、テキパキとしてぞんざいで、だからこそ、主婦であるよりも外で教師をやっている時の方が生き生きとしている。きっと、兄嫁も似たようなものだろう。家事が大変だから兄が手伝うというよりも、きっと、兄嫁は家事が嫌いなんだろう。父と同じように、兄も人が好いのだ。母親と兄嫁の間にある微妙なぎこちなさの理由も、倫子は分かったような気がする。

「絵里さん、絵里さん」と、母親は妙に息子の嫁に気を遣っている。嫁の絵里も、どう見たって内気でおとなしやかではないのに、言葉少なにして「いい嫁」を演じている

――そのように見えた。母親も嘘臭いし、兄の嫁も嘘臭い。「ここの嫁姑関係はそんなものか」と、他人事のように眺めていたが、どうも違う。「家の中の女」であることが苦手な女が二人いて、それが互いに「こう演じればいいのだろう」と思って下手な嫁姑を演じているからぎこちないのだと、倫子は気がついた。

「これはおいしいわ」と言って、母親は夫に鮑の刺身を勧めている。

父親は「そうか」と言って、勧められた鮑を箸に取って食べている。

父親と母親は仲がいい。しかし、「これはおいしいわ」と言う母親が、その料理を父親に取って渡すわけではない。「私は食べるわ。あんたも食べれば」という感じで、自分が一人で食べている。「仲がいい」というのは恋人同士の仲のよさではなくて、友達同士の仲のよさだ。「ウチの親は友達夫婦だ」ということに、倫子は初めて気がついた。

親は親で、その二人が「夫婦」だということは、頭では分かるが、なんだかよく分からなかった。「夫婦」である前に「両親」で、その両親がどんな夫婦になっているのかはよく分からなかったのだが、それが突然分かったような気がした。二人は「友達夫婦」なのだ。

母親にプロポーズをした時の話をした父親は、小学生の倫子に「愛してたの？」と聞かれると、まるでふざけたような表情を作って、「愛してたさ」と言った。それを「ウッソー！」とまぜっ返した娘に、母親は「愛してたのよ、私のことを」と言った。小学生の倫子はなんだか恥ずかしくて「やだーッ！」と言ってしまったが、その時の父親と母親がふざけていたとは思わなかった。

父親と母親が、多分「夕暮れ」の職員室の入口で、「愛してる」という言葉を挟んで見つめ合っていたとは思えない。そういうことはあったのかもしれないが、それは「そういう一瞬もあった」ということで、根本のところで倫子の父親と母親は友達同士なのだ。だから、かつてあった「一瞬の時」が恥ずかしくて、照れ隠しにふざけた言い方をするのだ。

「きっとそうなんだ」と思って、倫子は別に怒らなかった。「きっとそうなんだ」とだけ思った。

現実はドラマじゃない。でも時々、ドラマみたいなことが起こる——起こって、困ってしまう。現実とは違うドラマは特別で、だから人を戸惑わせてしまう。でも、世の中には困りもせず戸惑わない人もいて、「特別なこと」を求め続ける。漆部がそういう男で、倫子はそういう女ではなかった。

倫子は、どんなことでも日常と地続きになっていなければ納得しない。白戸と不思議な関係を続けていられたのも、それが日常と地続きになっている関係だったからだ。

それが日常と地続きになっていれば、どんな不思議な関係でも疑問に思わない。でも、目の前に「乗り越えなければいけない特別な一瞬」が現れると、困ってしまう。「それが自分の現実とどう関係があるのだろう？」と思って、ためらってしまう。だから倫子は恋愛が苦手で、自分と「結婚」の間に大きな段差があるように思って、それを跳び越えるためのスプリングボードを探している。

でも、そんなものはない。

人は瞬間、我を忘れる。そして、非日常の段差を乗り越えてしまう。だから、そんな人間達に「結婚て、どうなの？」と聞いても、ロクな答が戻って来るはずはない。それは、予防接種の一瞬の痛みと同じで、小学生ならともかく、大人は「うッ」と瞬間我慢をして、やり過ごしてしまう。

夕暮れの職員室の入口にいた両親も、どこでだか知らないが妻となる女に結婚を申し込んだ兄も、その一瞬の予防接種に堪えて、その後を平穏に過ごしている。

今はまだ子育てに忙しい兄嫁だって、その内に「結婚て、どうなの？」と聞かれて、「どうってことないわよ」と答えるだろう。元々外で働くことが好きな女なのだから、放っておいても、結婚生活を「どうってことのないもの」に変えてしまうだろう。

倫子は、自分の兄と兄嫁の「夜の営み」なんかに興味はない。でも、うっかり「結婚て、どうなの？」と聞くと、話はそっちの方へ行ってしまう。そしてもちろん、倫子が聞きたいのは、「あなた達の結婚生活はどうなの？」ということではなくて、「あなたはどうして結婚が出来たの？」の方だ。

でも、それを兄嫁に聞いてどうなるだろう？　それは、「どう見ても結婚なんか出来そうもないあなたが、どうして私の兄を射止めることが出来たの？」という問いになりかねない。

娘を膝に載せて屈託のない表情で飲み食いをしている兄にプロポーズをさせる方法なんか、ない。柔道バカだった兄は、放っておけば自分の嗅覚で相手を捕えてしまう。その兄を落とすための特別なテクニックなんか、必要がない。

「人はなんで結婚が出来るのかというと、それはきっと、結婚が特別なことではないからだ」などと倫子が思っていると、作務衣姿の若い女が「焼き物をお持ちしました」と言って、鰆《さわら》の西京焼きに生姜《はじかみ》が添えられた四角い平皿を運んで来た。

奥の席の母親は「あら、じゃちょっと、そこを空けて」と、指揮権発動に乗り出そうとしたが、以前のように倫子の前のテーブルの空いているところに平皿を置き始めた客席担当の娘は、非情にも「後、茶碗蒸しと天麩羅《てんぷら》が来ます」と言った。

六人掛けのテーブルの上は皿だらけで、母親は回って来た西京焼きの平皿を息子に回すか我が物にするかと、皿を手にしたまま迷い、妻から西京焼きの皿を回された兄は、その妻に「おい——」と言った。

「やっちまったぞ」と言って、兄は娘の体を抱え、嫁は「さっき離乳食食べたばかりなのにね」と言って、おむつで膨れた娘の体を抱き取り、無邪気そうな顔で母親に抱き上げられた娘は、顔を歪めて泣き始めた。

兄嫁は、「ちょっとすみません」と言って、泣き出した娘を抱えて席を立つ。娘を抱える両手はふさがって、テーブルに置かれたルームキーはそのままになっている。

ツアーコンダクターの倫子はその鍵を取ると、「私も一緒に行くわ」と言って立ち上がった。そのまま知らん顔をしていれば、「意地悪な小姑」になってしまう。

奥の席で腰を浮かしかけた母親は「大丈夫なの？」と言って、倫子は黙って「大丈夫」と手で示した。地続きとなった日常で起こる騒ぎなど、どれほどのことでもない。子供を抱えておむつを換えるために部屋へ戻る義姉の後について、「そういうものはそういうものだから仕方がないな」と、倫子は思った。

第三章　身近な人々

一　想《おも》い出にさようなら

次の朝、倫子は部屋の隅の鏡台に向かって髪を直している浴衣姿の母親から、「あんた、今日家に寄ってくんでしょ?」と言われた。

「行きは直接一人で鴨川に行くけど、帰りは家に寄ってから帰る——とでも言ったかな?」と思う倫子は、逆らうことなく「うん」と言った。言ってから、「私は全然成長してないいな」と思った。

部屋の布団は敷きっ放しになっている。エアコンのせいか、それとも夕食の後で入り直した湯がまだ効いているのか、親子三人が枕を並べて寝た部屋の中はへんに温かい。「家族の匂いってあるのかな」と思って、倫子は小学生だった頃の日曜の朝を思い出した。

起き出した母親がキッチンで味噌汁《みそしる》の具を刻んでいる。襖の上の欄間《らんま》からは隣の部屋の父親が吸う煙草《たばこ》の煙が漂って来て、寝巻姿の父親が布団の上で新聞を広げている音がする。カーテンの向こうから朝の光が差し込んで、同じ小学生の兄はまだ眠っている。「起きなさいよ」と言う母親の声がして、「はーい」と答えた倫子は、立ってカーテンを開ける。差し込む光の中で布団の中の兄は寝返りを打つ。倫子は、「お父さん」と言って、隣の部屋との境の襖を開ける。陽《ひ》の光で暖められた子供部屋の空気と、ひんやりした大人の部屋の空気が一つになって、不思議な匂いがした。「あれが〝家族の匂い〟だったかもしれないな」と、浴衣のまま布団の上に座っている倫子は思う。

煙草をやめた父親は、窓際の椅子に座って朝のワイドショーのテレビを眺めている。部屋に朝刊は届かないので、浴衣の上に羽織を着た父親の指は、手持無沙汰にテーブルの端を叩いている。

籠った部屋の空気を換えようと思った倫子が立つと、ドアを叩く音がした。開けると、子供を抱いた公務員夫婦が立っていた。

浴衣に羽織姿で娘を抱いた兄は、ドアを開けた倫子に「おゥ」とも「おはよう」とも言わず、いきなり「行かないのか?」と言った。朝食は下の大広間へ行って食べる。倫子が振り返って「お母さん」と呼ぶと、鏡の前で唇を結んで口紅の具合を確かめた母親は、片手で床の羽織のありかを探りながら、「お父さん、行くわよ」と言った。

「行きましょう」と兄夫婦を促すようにして廊下へ出た倫子は、「朝っぱらから化粧なんかしなくてもいいのに」と思ったが、兄の後ろから顔を覗かせて「おはようございます」と言った兄嫁も、やはりまたメイクをしていた。「こんなところで頑張ってもしょうがない」と思っていた倫子はスッピンのままだったが、嫁と姑にとって、朝のホテルの大広間は、れっきとした「人前」であったらしい。

家族五人と乳児一人を乗せたワゴン車のハンドルを握るのは父親で、助手席には交代要員の兄が乗る。その後ろに母親と兄嫁とベビーシートに載せられた姪がいて、倫子はその更に後ろのシートに一人で座る。

部屋から出る時、浴衣から着替えた母親が妙に派手なスカーフをしているのに気がついて、「どうしたの、それ?」と尋ねると、母親は誇らしげな顔で、「絵里さんに買ってもらったのよ。いいでしょ?」と言った。実家から車で四十分ほどの所に新しくアウトレットパークが出来て、そこへ行った兄夫婦が買って来てくれたと言う。

父親が背広の下に着ているポロシャツは、なんとピンクで、「それもそうなの?」と聞くと、母親は「そうよ」と言って、娘に注目された父親は「いいだろう」と上着の前を開き、ポロシャツの胸のブランドロゴを見せた。

片手に娘を抱き、もう片手におむつやらなんやらの入ったバスケットを持ってロビーに下りて来た兄は、明らかにイタリアンテイストの真っ白なブルゾンを着て、どういうわけかブルーのデッキシューズを履いている。その後に続く兄嫁は、胸許の赤と緑のステッチがなにかを強調している白いフォークロアのブラウスに赤と緑のクリスマスカラーでプリントされた花模様のロング丈のフレアスカートを穿《は》いて、ご丁寧に薄手のピンクのダウンジャケットを着ている。「ピンクは太って見えるのに」と思いながら、倫子は「もしかしたら、結婚というのはこういうものかな」と思った。

兄は明らかに似合わない派手なものを着せられているのに、「着せられている」という自覚がない。「自分の気に入ったものを着ている」と思って喜んでいる。「いいだろ？」と言われてあきれるのも面倒臭いので、倫子は論評を避けて知らん顔をしたが、結婚というのは、「キャラクターの衣替え」を必須としてしまうようなものなのかもしれない。

ワゴン車の後部座席に座り、窓から差し込む五月の陽を撥《は》ねつけるようにテラテラと輝く家族のブランド物を後ろから見ていると、一年前に買ったシャーベットイエローのスーツを着ている倫子は、「私はそんなに頑張れないな」と思って、都会に慣れてしまった自分に侘《わび》しさを感じてしまう。

走り出した車の窓際に座った母親が、外を見て「あら、鯉《こい》のぼりよ」と言って、「子供の日ですからね」と、兄嫁が答える。

母親が眺めるのとは反対の海側の風景に目をやる倫子は、「よくもそんな当たり前の会話が出来るな」と思ったが、昨日も鴨川へ来る途中の車窓から鯉のぼりが泳いでいたことを思い出した。見ていただけでなんとも思わなかったが、母と兄嫁のこれ以上にない当たり前の会話を聞いて、「そうか、今日は子供の日だったのか。子供の日だから鯉のぼりを上げていたのか」と思い当たった。いつの間にか倫子は、そんなことに気づかなくなっている。一人の体の一つの視点で物事を見ていると、そういうことになるらしい。

「鯉のぼり」からの連想か、母親は「今年、フレちゃんの初節句だから、お雛様《ひなさま》貰ったのよ。言ったっけ？」と言った。

初耳の倫子は素っ気なく、「知らない」と答える。

母親は、「あちらのお母様にね、〃ウチの孫だから半分出す〃って言ったんだけど、それがいけなかったのね。しょうがないからいただいちゃった」と言って、兄嫁の絵里は「まァいろいろね」と言いたそうな顔で頷く。自分の母親ながら、相手をするのにはいささか面倒であろう姑に一々反応しているのだから、「絵里さんはいい嫁なんだろう」と思って、倫子は兄嫁に対して申し訳ないような気がした——「お母さんの相手をするのは、本当なら私なのに」と。

花蓮の母親は、息子の結婚相手にはなにも期待しない代わりに、娘の花蓮を手許に置いておこうと考えている。花蓮から聞かされて「それは厄介だな」と倫子は思ったが、そう思う倫子はまた一方で、厄介な彼女の母親の考え方を肯定してもいる。「姑にあまりうるさく言われるのも厄介だな」というのは、自分が嫁になった時のことを考えてのことだが、それと同時に、自分の母親と義理の姉がぎこちなく親密にしている様子を見るのも落ち着かない。「自分こそが母親の娘だ」という意識がどこかにある。母と兄嫁の関係をどこかで不快に思っていて、「お母さんの相手をするのは、本当なら私なのに」と感じてしまう。

「古屋の家の娘だ」という意識が強くて、外の男と結婚が出来ないわけではないが、まだ結婚をしていない宙ぶらりんの身としては、「母の娘、古屋の家の娘」という帰属を、ぼんやりながらでも求めてしまう。

父親も母親もそんなことを強く要求しているわけでもないのに、倫子は無意識のうちにそれを求めようとして、それをする自分がいやで、兄夫婦も含めた古屋一家のあり方に反発を感じてしまう。「自分はもう、昔のような形でこの家の〝娘〟ではないのだと思った方がいい」と分かってはいても、その踏ん切りがまだついていない。どうしてかと言えば、「踏ん切りをつけた方がいい」と思ったのがごくごく最近のことで、ワゴン車の後部座席に腰を落ち着けた時に、そう思った――「目の前にいるピカピカの人達は、私の知っている人達とはもう違う」と。

車は海沿いの道を行く。連休中のことだから道路が空《す》いているわけではないが、渋滞がひどいというわけでもない。前を行く車の数が減ったのを見た母親は「もう九十九里?」と言ったが、助手席の兄は「まだだよ」と言った。

母親は「そう——」と言って、どういう脈絡によるものかは知らないが、「倫子も早く結婚が出来ればいいのにね」と、ひとりごとのように言った。

父も兄も兄嫁も、倫子自分の母親のひとりごとに留めておこうとしてなにも言わなかったが、倫子はは自分の母親が娘の結婚を望んでいるのだということを、初めて明確に知った。「そうなんだ」と思って、いやではなかった。「行きなさい」と、母親に背中を押されたような気がした。

車は、九十九里ビーチラインの道路に入った。窓の外を見た兄嫁が「あ——」と声を漏らして、つられて伸びをした母親が「九十九里ね」と言った。

空は曇っていたが、窓の外には九十九里の砂浜と青い太平洋が広がって、サーファー達の姿も見えた。曇り空の下で海はギラつかずどこまでも広がって、その海を見た倫子は、「昔、この先がアメリカなんだと思ってたな」と、高校生の頃を思い出した。

倫子は、電車で三十分ほどの銚子《ちょうし》の高校に通っていた。海沿いの町ではあっても、下総台地の端にある倫子の家から海は見えない。車を使わず歩いて行くと、海までは遠足になる。東京へ出てから分かったことだが、同じ九十九里浜沿いの場所ではあっても、南房総から離れて銚子に近い倫子の生まれた町は、観光ガイドの圏外になるようなところだった。格別に記述するところがなにもない。そんなことを知る前に海岸へ行っても、どこまでも続く砂浜があるだけで、海の向こうになにがあるとも思えなかった。右も左も砂浜で、視野一杯に海があるだけだから、ただ「わーッ！」と言うしかなかった。

電車で銚子の高校へ通うようになって、倫子は初めてアメリカを見た。利根川《とねがわ》の河口の向こうにアメリカがあるように思えた。「遠くへ行きたい」と初めて思うようになって、利根川の河口の空を飛ぶ鷗《かもめ》にロマンチックな憧れを持った。その後に「恋は苦手」と思うようになる倫子も、その頃はたやすく非日常の世界に足を踏み入れていて、彼女のそばには初恋の人もいた。一学年上の新聞部の部長で、彼が部活の勧誘に立っていたから、倫子も新聞部に入って、その先の大学は「情報科学科」などというところへ入った。日常はまだロマンチックな方面へ続いていた。

入部した後で気付いたことだが、現代の高校生には珍しい短髪にしていた部長の田島《たじま》は、中学まで柔道をやっていた。「私は兄貴に対して特別な感情を持っているんだろうか？」と倫子は思ったが、部長の田島は兄の直樹と違って知性があった。柔道バカと一緒の家にいたおかげで身に付いた柔道の知識が、田島との結び付きを深めることに役立った。

海に向かって伸びた夕陽の作り出す影の中を、二人で歩いたことも思い出す。倫子は急に銚子へ行きたくなった。

高校を卒業した田島は、千葉市の大学へ行った。一年下の倫子は、田島のいない高校に通って、東京の大学受験を目指していた。「彼はどうしているんだろう?」と、車の中で倫子は思った。

田島の下の名前は「亮太《りようた》」で、自分と同じラ行の名前を持つ男と初めて会ったと思う倫子は「運命的なもの」を感じた。「田島」という苗字《みようじ》の下に「倫子」と「亮太」と二つの名前を並べて書いてドキドキしたが、「なんだかお笑いコンビの名前みたいだな」とも思った。倫子はまだ十五歳だった。

誰もいなくなった新聞部の部室でキスをされた。大きなテーブルを挟んで向かい側に座っていた田島が「帰ろうか」と言って、倫子は「はい」と言って立った。田島は立たなかった。椅子に座って倫子を見ていたのが立って、倫子は「来る――」と思った。近寄って来た田島にキスをされて、「付き合ってくれる?」と言われた。倫子は声に出さず黙って頷いて、倫子の顔を覗き込んでいる田島の瞳《め》を「きれいだ」と思った。

利根川を渡って茨城県にも行った。二人で銚子大橋を渡る時、冬なのにまるで天の川を渡るような気分になった。海沿いの松原のある公園に行って、田島から「童子女《おとめ》の松原《ばら》公園て言うんだ」と教えられた時、「どうでもいいようなダサイ名前」と思った。公園の芝生の上には奈良時代風の衣装を着た男と女の銅像が、向かい合うように立っていた。

「この二人は、ここで会ってたんだ。夜にね。でも、朝になってしまって、人に見られたらどうしようと思った二人は、ここでそのまま松の木になってしまったんだ。だから、ここを童子女の松原って言うんだ」と、田島が言った。

まだ昼間だったのに、倫子は「松になりたい」と思う女の気持が分かって、その場で棒立ちになった。「どうすればいいんだろう」と思う倫子を、田島はホテルに誘った。銅像のようになってしまった倫子に、田島は「行こう」と言ったのだ。「どこへ?」とも聞かずに、倫子は言われるまま付いて行った。

「まさか――」と思った。「高校生にそんなお金があるはずはない」と思って、でも行った先はラブホテルだった。見上げると午後の陽を浴びて「ＨＯＴＥＬ」の文字形に並んだ電球の列があった。

運転席でハンドルを握っていた父親が、「どうだ? 少し早いけど、家に帰る前にあそこの道の駅に寄って昼飯でも食べて行かないか?」と突然言った。「あそこの道の駅」というのは、「千葉県太平洋岸北限の道の駅」で海鮮の料理も出すから、正月休みに倫子も連れて行かれたことがある。

助手席の兄は言うまでもない様子で軽く頷き、倫子の方に振り返って「どうします？」と言った。声を掛けた相手は母親だが、首だけを後ろに向けたので、視線の方向が妻や倫子になっていた。

母親は「あ、そうしましょう」と言って、「いいわね？」と倫子に同意を求めた。倫子は「いいわよ」と言って、「そしたら私さ、ご飯食べたら駅まで乗せてって」と続けた。

「どうして？」と言う母親に、倫子は嘘をついた。

「さっき、銚子にいる高校時代のサッちゃんからメールが入ったの。〃近くまで来てるんなら銚子においでよ〃って。だから私、銚子に行くから、駅で下ろして」

兄と兄嫁は倫子を振り返って、母親は「そうなの？」と言った。「未婚の娘は家族と一緒に家にいるよりは、外で友達と一緒にいる方がいいのだろう」と思ったようだった。

「お父さん、じゃ、家に帰る前に駅に寄って倫子下ろしてやって」と、まだ道の駅にも着かないのに、母親は運転席の夫に言った。

食事を終えた一家のワゴン車は、実家近くの駅にまで来て倫子を下ろした。下りる時母親は「時間大丈夫なの？」と、娘の乗る電車の心配をした。

「大丈夫よ」と、娘は大雑把な時刻表を頭に浮かべて適当なことを言った。

「じゃ、また来ます」と言って車のステップに足を掛けた娘に、運転席の父親は振り向いて、「今日はありがとうな」と言った。

倫子は「ううん、全然」と言って、ワゴン車のドアを閉めた。中で兄嫁が手を振って、母親がなにかを言っている。どうせ「気をつけるのよ」とかそんなことだろうが聞こえない。倫子は大袈裟《おおげさ》な口パクで「わ・かっ・た」と言って手を振った。家族を乗せたワゴン車は、駅前のロータリーを回って、その先の国道を左に曲がって行った。

駅前には客待ちのタクシーもいない。連休中の昼下がりの駅には人の気配がなく、ガランとしている。倫子は駅に入って電車の時刻表を見た。次の下り電車まで、まだ四十分もある。倫子はまた駅舎を出て駅前を眺めた。

駅前のロータリーから、ＪＲの線路と並行に延びる国道へ道が一本通っている。今さっき、一家を乗せたワゴン車がそこを去って行った。昔はその道もそれほど広くなかった。新しく広い国道が出来て、それに合わせて駅からの道も広げられた。帰省して駅前の様子が改まっているのを初めて見た時は、「きれいになった」と驚いた。駅からの道と国道のぶつかる角には、真新しいマクドナルドが建っていた。「昔、これがあったらなァ」と、倫子は中学時代を思い出した。「溜り場《たまりば》」などというものはどこにもなかった。

「中学の時の友達はどうしているんだろう?」と倫子は思った。「ここにいて、バッタリと出会うことってないのかな?」と思ったが、昼の光の下の駅前には人気《ひとけ》がなかった。

人間関係は場所と共にあるのかもしれない。銚子の高校に通うようになって、倫子は地元の友達と別れた。千葉の大学に行った田島とも別れた。もしかしたらそれは、周到に計画された「別れ」だったのかもしれない。

倫子が田島と初めて関係を持ったのは、倫子が十六歳になった高一の冬だった。田島は「もう三年だから、部活からもさよならしなくちゃ」と言った。それでもまだ、高二になった倫子とは会っていた。そうそうホテル代の工面も出来ないらしい。田島の家は銚子にあったが、倫子は家の前までしか行ったことがない。

田島と会うのが少なくなって、田島は千葉の大学に受かった。「じゃ、元気でね」と言って、田島は千葉の市内へ移って行った。今度は倫子が受験生になる番だった。もしかしたら田島は、少しずつ倫子から離れて行ったのかもしれない。田島と会う回数が少なくなって行くのは必然のようなものだったから、倫子は田島の胸の内を疑わなかった。「住所が決まったら教えるよ」と言われて、なかなかその連絡が来ない内に、田島の気持が離れていることに気がついた。

銚子の町にも思い出があったが、卒業と同時に倫子は東京へ移った。思い出すと思い出はあって、でももう実際にはなにもない。

銚子に行く電車の中で誰かと会うのだろうか? 鷗の飛ぶ利根川河口の空を見上げて

いると、後ろに田島が立っていたりするのだろうか？　「まさか」と思い、「別に、そんなことを望んでないはずだがな」と思って、倫子は券売機で銚子までの切符を買おうとした。PASMOを持っていたが、ぼんやり料金表を見ているだけで、ロマンチックな気分になった。

列車の到着までまだ時間があるのに、改札を通ってホームに入った。「銚子に行くんだ」と思うと、高校卒業以来十年も立っていない下りホームが、ちっとも変わっていないように見えて懐かしかった。

暖かい午後の光を浴びて一人ホームに立って、「なんで銚子に行くのかな？」と、倫子は自問をしてみた。

別にめんどくさい理由はない。「想い出とかに逢ってみたいんだな」と、倫子は思った。

二　誰かに会いたい

「思い出」というものは人の胸の中にあって、現実の中に転がっているものではない。十年振りにやって来た銚子の町は変わっていて、その実、なにも変わってはいなかった。

当たり前のことだが、休日の高校の正門は閉まっている。外から見る校舎は以前のままのようだったが、「それがお前となにか関係があるのか?」と言われているような気もした。そう思って、倫子は少し笑った。「私は別に、恋に破れた女ではないし」と。

見上げると、町の空に張られている電線が懐かしかった。なぜだか知らないが懐かしくて、倫子は立ったまま町の空を見上げていた。上から町の様子を見下ろす電線が、「なにも変わってないからいいじゃないか」と言ってくれているような気がした。

「高校時代のサッちゃん」は、まだ銚子の町に実在するはずだが、訪ねてみようとは思わなかった。いたとして、「あら、どうしたの?」と言われるだけだ。高校時代の同級生に会って、「どうもしないわよ」と言うだけの理由もない。

昔は高校まで銚子の駅前からバスに乗った。今日はブラブラと歩いた。歩いたついでに、高校から銚子電鉄の駅に回った。その観音駅《かんのん》には鯛焼屋《たいやき》があった。クラスメイトのサッちゃんは、銚子電鉄に乗って犬吠埼《いぬぼうさき》の方に帰る。倫子とは方向違いだが、一緒に帰って観音駅の鯛焼を食べて、「じゃね、バイバイ」と別れた。相変わらず鯛焼屋はあって、一口食べると昔と同じ味がした。立ったまま食べて、昔のままの味がすることに驚いて、「誰かここに来ないかな」と思った。

「観音駅の鯛焼」は昔から銚子の名物で、そこに連休の人だかりはあったが、知った顔はなかったし、後ろから倫子の肩をポンと叩く者もなかった。格別に切ないわけでもなかったが、鯛焼のおかげで高校生に戻った倫子は、「ああ! 誰かに会えればいいのに！」と思って足をバタつかせたくなった。

「せっかくだから」と思って、海の匂いを求めて漁港まで歩いた。「この道をそのまんま行けばいいはずだよな」と思って、魚料理屋が並ぶ通りに出た。「昔はこんなじゃなかったと思うけどな」と思っている内、利根川の河口に出た。

利根川河口の銚子漁港の空に鷗の姿はなく、太平洋の向こうのアメリカではない、対岸の茨城県が見えた。左を向けば、利根川に架かる銚子大橋が見える。「あの橋の向こうになにかがあったな」と思うと、水の面を眺めながらその橋の上を一人で歩いている倫子自身の姿が見えるような気がする。

気がするだけの倫子は、橋からその先へ続く対岸の陸地へまで視線を移して、それから視線を右の太平洋の方へ向けた。ぼんやりしていたい時は、ぼんやりとしていたい。倫子はそのまま河口沿いの道を海へ向かってゆっくりと歩き出した。

いろいろのことを思い出すわけではない。ただぼんやりと空を見ていて、気分はリラックスしたが、足が少し痛くなって来た。河口沿いの狭い道は広い道路に抜けて、倫子が銚子駅の方へ戻ろうとすると、行く手から赤の軽自動車がやって来た。車が通るのは当たり前だから当然の顔をしていると、通り過ぎた車がUターンをして戻って来た。倫子の横に停まると車の窓が開いて、知らない女が顔を出した。

「古屋さん。古屋さんじゃない？」と言う。後部座席には四、五歳の男の子も乗っていて、「なんだ?」という表情で窓の外を睨《にら》むように見ている。運転しているのは女の夫らしいが、倫子にはその女への心当たりがない。

妙に白いファンデーションをつけた女は、「根本《ねもと》です。高校の時の――。今は〝深津《ふかつ》〟だけど。古屋さんでしょ?」と言った。

倫子は「ああ――」と言って、「誰だったっけ?」と、「高校の時の根本」を思い出そうとした。

言われりゃ「そうなのか」とは思うが、実のところ誰なのかは分からない。しかし相手の女は「久し振り」と言って、「今〝海ぼうず〟でご飯食べて、これから犬吠埼へ行くの。元気だった?」と言った。

いきなり「海ぼうず」などと言われてもなんのことやら分からないが、「元気だった?」と問うので、「ええ」と答えた。それだけでしばらくの間があって、女は笑い顔を作っていたが、運転席の男が「行くぞ」と言うので、「じゃ、また。元気でね」と言ってウインドウを上げた。倫子はお体裁で軽く手を振り、走り出した車を見送ったが、相変わらず誰だか分からない。走り出した車の後部座席から顔を振り向かせていた男の子はガマガエルのような横に扁平な顔をしていたが、細面の母親の方には記憶がない。

「誰だ?」と思って歩き出して、ふっと気がついた。

授業中に煙草を咥えて校庭を歩いているのを見つかって、停学を喰《く》らった女だ。同じクラスのサッちゃん——相澤幸代《あいざわさちよ》に因縁《いんねん》をつけているところを見つけて、「やめなさいよ」と言ったことがある。昔は狐《きつね》のように吊《つ》り上がった目をしていたが、感じが変わって分からなかった。高校時代と言ってもいろいろあって、「そういう〝思い出〟もあったな」と倫子は思うしかなかった。

陽は傾いていても、まだ夕陽の作り出す影が長く伸びるような時間ではなかった。バスに乗って銚子の駅に着いた倫子は、駅前でコーヒーを飲むと、銚子発の特急列車に乗り込んだ。人の出入りの多い車内が落ち着いて、列車が走り出すとシートに凭れた倫子は、「あーあ」と伸びをしたくなった。

ぼんやりと外を眺め、「地元に残っていれば結婚が出来るのかもしれないな」と思って、実家のある駅前の真新しいマクドナルドのドライブスルーを思った。

「あれ以外、なんにもないんだよな」と思う倫子の生まれた町の主産業は農業と造園業で、倫子の小学校や中学校の同級生の目の詰んだ生け垣に囲まれた家の庭では、庭木の栽培が盛んだった。

「実家に帰ってなにをやるんだろう？」と、倫子は思った。店を閉めた和田萬のあった本町通りには空き店舗がいくつもある。そこを借りて、女の子らしい可愛いクッキーやパンを焼くお店を開くのか？

「寂れた町を立て直すために、若い女の子が小さいお店を開くのか——」と思って、「私はもう〝若い女の子〟じゃないよな」と倫子は思った。「おまけに私は、クッキー焼くとか、そういうのあんまり好きじゃないしな。やるんだったら、居酒屋だな」と思って、三十過ぎて独身の自分が居酒屋を開いたところを想像しかけて、「やだ」と思った。

窓の外の景色は穏やかだったが、線路沿いに走る国道の車の列を除けば、「なにもない」としか言いようがない。思い出のコーティングから抜けた倫子は、「田舎だな」と自分の故郷を断じた。

列車は黙って東京駅の地下ホームに入る。なんの感慨もない。隣が空席であるのを幸いにして、倫子は大きく伸びをした。両腕ばかりでなく、両脚も伸ばしたかった。「今日はなにやってたんだろうな」と思って立つと、中途半端な伸ばし方をした脚がガクッとこけそうになった。「あーあ」と思ってホームに下り立って、「肉が食べたい」と思った。

「もう魚はいい。東京は肉だ、肉が食べたい」と思って、「どこへ行こう?」と考えた。エスカレーターで地下五階から上って来ると、東京駅の広いコンコースは連休の人だらけで、「きっとどこへ行ってもカップルだらけなんだな」と倫子は理解した。

でも、やっぱり肉が食べたい。肉汁の溢《あふ》れるハンバーグが食べたい。

昨日は刺身の舟盛りで、今朝は小鯵の開きにシラスのおろし和《あ》えと納豆、昼は道の駅で千葉名物の巻き寿司に銚子の鯛焼――日本人になり過ぎたと思う倫子は、会社から歩いて行ける所にある店の肉汁たっぷりのハンバーグステーキを頭に浮かべた。

「あそこに行こう」――倫子は歩きながら思った。

「誰かいるかな？　〝今日どうしたの？〟って会社の誰かに聞かれたらどうしよう？〝田舎の法事だったの〟って言うかな？　この時間なら、会社の誰かが来るかもしれないな」と、腕時計を見ながら小さな洋食店の店内を思った。

たった二日だけ日常からはずれた線路を、元に戻したい。知っている誰かに会ってほっとしたい。「自分の知っている自分」に戻って落ち着きたいと思って、倫子は「誰かいないかな？」と思った。駅の人混みに押されながら、花蓮の言った「仕事終わりの月一リフレ」という言葉を思い出した。

「こういう時に白戸がいると便利なんだよな」と思って、三年前の冬に「忙しいからだめよ」と言ってそれっきりになっている白戸紀一のことを思い出した。

「白戸はどうしてるんだろう？　もう三十だしな。結婚とかしてるのかな？　どうしてるんだろう？」と思って気になった。

「電話してみようかな？　最後に断ったのは私だから、そのプライオリティはあるしな」と、乗り換えたメトロの駅で車輛《しやりよう》がやって来るのを待つ間に思った。やって来た車輛に乗り込んで、「電話してやろう」と思った。

「今日も休みだし、明日も休みだから、なにしてるのか知らないけど、ロクなことはしてないはずだ。メールなんかじゃなくて、いきなり電話して驚かしてやろう。誰かとホテルにいたって、私は関係ないもの。前みたいに〝おう、おう、おう〟って言わせてやろう。知るもんか」と、やっと夕食後のスケジュールが立って落ち着いた。


アパートの部屋に戻った倫子が白戸に電話をしたのは、夜の九時過ぎだった。母親から「どうしてるの？」の電話が入って、「ああ、うるさい」と思った後だった。

三年前に怒って白戸を拒絶したのは事実だが、それでメモリーを消去するほど怒っていたわけではない。「通じるかな？」と思って三年前の――正確には二年と半年少し前の電話番号に電話をした。

「お、つながった」と思っていたら、「はい」と言って白戸が出た。「出たよ」と思って、倫子は真っ暗闇の中にいるような相手に向かって、「白戸さん？　倫子です」と言った。

電話の向こうで相手は、「倫子？」と呟いた。「間違えたかな？」と倫子は思ったが、すぐに電話の向こうの男は、「古屋か？」と言った。どうやらそばに女はいないらしい。

「どうしてるんだ？」と白戸は言った。

「相変わらずよ」と倫子が答えると、白戸は、「俺は結婚したぜ」と言った。

倫子は古いアメリカ人のように「おゥ！」と思ったが、それは口に出さず、「へェ」と平静に答えた。

それに対する白戸の答は意外なものだった。

「二月に結婚したんだけどな、離婚する」

「どうして？」と言うしかないから、倫子はそのまま「どうして？」と言った。

「正月に部長に呼ばれてさ、〝結婚しないのか？〟って言われたんだ。〝結婚したら課長にしてやる〟って」

「それで人は結婚をするものなのだろうか？」と思いながら、倫子は「それで結婚したの？」と言った。

飛んで行った電波の向こうで白戸は軽く頷いたのだろうが、実際には「うん」も「いや」もなくて、「NISA《ニーサ》って知ってるだろ？」と言った。

聞いたことがあるような気はするが、実際はなんだか分からない。しかし、白戸は倫子の返事を待たずに先を続けた。

「一人百万円までが無税の少額投資なんだ。安倍《あべ》の顔長大臣がアベノミクスで〝やる〟って言って、〝そうなったら忙しくなるから、課長にしてやる〟って部長は言ったんだ」

「なんでNISAだと忙しいの？」

「一人百万円までの無税は、口座を開かなくちゃいけないんだ。一人一口座だから、それで銀行も含めて口座の奪い合いになるから、お前も頑張れってことさ」

証券会社のことはよく分からないが、話を聞いていると、どうもそんなことを部長に言われる白戸は「優秀な営業マン」らしい。倫子の知る白戸は、「気怠いところのある、ピリピリしながらもやる気のなさそうなサラリーマン」だが、会社での評価は違うらしい。だから倫子は白戸に尋ねた。

「もしかしたら、あなたって優秀なの？」

白戸の答は簡単で、「ああ」と言った。

倫子は思わず「へー」と言ってしまったが、それに対する白戸からの格別の反応はなかった。不思議な人間だ。おまけに、倫子との間には三年近くのブランクがあるのに、そんなことをまったく気にしていない。

「それでさ、会社の総合職の女と結婚したんだ。若いけどバリバリに仕事が出来る女で、〝俺と結婚するか？〟って言ったら〝する〟って言うから結婚したんだ」

「その人いくつなの？」

「二十五だよ。夏に六になる」

「その人、きれいなの？」と倫子が言うと、白戸は満更でもない声を出して、「気になるのかよ？」と言った。

「どういう人かと思っただけよ」

「おゥ」と言った電話の向こうの白戸が薄笑いを浮かべたことだけは、倫子にも分かった。

「可愛いよ。小柄だけどな」と、白戸は言った。

「それで、仕事はバリバリやるの？」

白戸の答は「ああ」だったが、倫子にはどうもロクでもない女のように思えた。

「どうしてその女があなたと結婚したの？」と言うと、白戸は「気になるのかよ？」と言った。

「気になるよりも、なぜなんだと思うだけ」

白戸は、「俺が優秀だからだろう」とあっさり言った。

「あいつは優秀なもんが好きなんだよ」

「あんたはそれほど優秀なわけ？」と言ってやりたくなったが、倫子は黙った。

「俺が優秀で、優秀な自分も好きなんだよ、あいつは」

「なるほどね。やっと分かった気がする」と倫子は思った。

「あいつは〝仕事続ける〟って言って、俺も〝いいよ〟って言った」

白戸の「いいよ」が時として無関心の表れであることを、倫子は知らないわけでもない。

「それで、家事はどうするの？」と倫子は言った。どう考えても白戸は、働く女と家事を分担して暮らせるような男ではない。

倫子に答えて白戸は言った。

「あいつが〝全部やる〟ってよ」

証券会社の総合職の女がどんな仕事をするのかは知らないが、小柄で可愛くて自分のことを優秀だと思い込んで仕事をバリバリこなしている女が白戸と暮らして、炊事洗濯やら掃除まで全部出来るんだろうかと思う倫子は、「出来たの？」と言った。

「出来るわけねェじゃねェか。だから離婚するんだよ」

それで倫子は納得出来た。

「あいつ、食うことは好きだけど、料理は下手なんだ。〝パスタだ〟って出したのが、アルデンテにもなってなくてバリバリなんだ。〝料理したことあるのかよ？〟って聞いたら、〝家でお母さんがやってたから、したことない〟って」

「どうしてそういうことを知らないで結婚したの？」

「だって、あいつが〝出来る〟って言うからさ――」

「それだけなんだ？」

「洗濯しただけで疲れて、ボーッとカウチに座ってんだ」

「それもやったことないの？」

「ああ。俺が終わったの洗濯機から取り出そうとしたら、跳ね起きて〝私がやる〟って。汗だくになって、取り出した洗濯物畳んで――それがまた下手なんだ。グチャグチャで。〝もういい〟って言うと、怒るんだ――〝私がやる〟って。しょうがないから、一カ月かけて、〝自分のは俺が自分でやる〟って説得した。そうしたら〝私のはどうするの？〟って言うから、〝実家持って帰ってやってもらえ〟って言ったら、ホントに実家へ持って行きやんの」

「それであなたは自分の洗濯を自分でしてるの？」

「してるよ。まさか会社にシワクチャのシャツ着てけないだろ」

「自分でアイロンも掛けてんの？」

「掛けてるよ」

「えらーい」と倫子は言ったが、まさか白戸がそんなことをするとは思わないから、自分でシャツの襟にアイロンを掛けている白戸が、少し気の毒になった。

「また、あいつが掃除をしないんだ。帰って来ると疲れて、ヘタヘタになって服脱ぎっ放しで、〝片付けろ〟って言っても、〝後でやる〟って、しねェんだ。家ん中グチャグチャでさ、俺は〝もうやめよう〟って言ったんだ」

「彼女のこと愛してないの？」

「愛してる？　そんなこと一度も考えたことねェよ」

「お見事」と言いたくなるような答だった。

「なァ、一度会わねェか?」

「会ってもいいけど、奥さんどうしてるの?」

「実家に帰ってる」

「東京の人?」

「足立《あだち》区、西新井《にしあらい》」

「離婚したの?」

「まだしてない」

「どうして?」と言って倫子は、「これじゃ私が白戸と結婚したがってるみたいだ」と思ったが、白戸の方にはそんな気がないらしく、「あいつがいやがるんだよ」と言った。「離婚したら自分のキャリアに傷がつくって。〝結婚生活が出来ない女〟だって思われたら困るって。〝じゃ、俺はどうなるんだよ、離婚だ〟って言ったら泣き出して、実家に帰って、今はカウンセリングに通ってる」

「大変ね」

「大変だよ。だから一遍会わねェか?」

どうしてそこに「だから」が入るのかは分からないが、倫子は深く考えず「いいよ」と言った。

「明日は?」と白戸は言った。

「明日、俺休みなんだよ」

「世の中一般はそうらしいけどね。でも私は出社なんだ。でも、出社だけど早番だから、夜ならいいよ」

　だからと言って倫子は、「その後もいいよ」とは思わなかった。

　白戸が「結婚したぜ」と言った時にはドキッとした。「もしかしたら――」と思っていたことが本当になって、でもすぐに落ち着いた。白戸の結婚生活が破綻していることを知ったからではなくて、白戸が「結婚生活に向かない男」だということを知ったからだった。

　白戸と、肉体関係を復活させたいとは思わない。ただ、遠くから「へー、そういう人なんだ」と思って見ていたい――三年近くたって、そういう安全な距離感が倫子の中に生まれた。だから倫子は「いいよ」と言った。

「じゃ、七時くらいでいいか?」と白戸は言った。

「終わるの六時半くらいになるから、少し遅れるよ」

「いいよ」と言った白戸が「待ってる」と言った場所は、倫子の知らない店だった。

「私、そこ知らないよ」と倫子が言うと、白戸は悪びれもせず、あっさり「あ、そうか」と言った。

三　結婚に向かない人々

次の朝、倫子が出社すると花蓮が待ちかねたような顔でやって来て、「おはよう。田舎どうだった？」と言った。

「うん。田舎なんだけどね、実家じゃなくて鴨川の温泉なんだ」と倫子が言うと、花蓮は申し訳なさそうな顔をして「あ、そうなんだ――」と言った。

「どうしたの？」と倫子が聞くと、「倫子さん、今日早番だよね？」と、定時出社をした倫子に聞かなくてもいいことを聞いた。

「そうだけど、どうしたの？」と倫子が聞くと、「帰りに相談したいことがあるの」と花蓮は言った。

「昨日は人に飢えてたのに、今日はまたなんとしたことだ」と思う倫子は、「私は人に求められてるな」という余裕の笑みを見せて、「ごめん、今日はふさがってるの」と言った。

「じゃ、明日は？」と花蓮は言う。

「私、明日遅番だけど」と返すと、花蓮は「じゃ、明後日《あさって》は？」と言うので、倫子はまたしても「なんかあったの？」と聞いた。

朝礼の準備で、他の社員達が集まって来る。花蓮は声を低くして、「鴨志田くんに結婚申し込まれたの」と言った。

「よかったじゃない」と倫子が言うと、「うん、そうなんだけど、相談に乗って?」と、花蓮は急《せ》かすように言った。

「明後日でいいの?」と言うと、「いい」と言って、そそくさと自分の席へ戻って行った。

若者の街のビルの中にある会社で朝礼をやっても、外はまだ連休の最終日で、会社にやって来る倫子の乗った電車も空いていた。そんな日に朝礼をやって「頑張りましょう!」もないようなものだが、名目ならいくらでもある。

連休の最終日に「今日明日が出発のツアーを」と言って来る客はまずいないが(しかしゼロではない)、連休が終わればもう「夏休みのツアー獲得に向けて頑張りましょう!」の時期がやって来る。連休が終わったからと言って、ホッとしていていいわけがない。連休が終わって「明日から会社か——」と思っていいのは一般の社会人で、旅行会社の人間は「明日から夏休みを目指す!」にならなければならない。

社内の壁やボードや至る所に張り巡らされているチラシやポスターを、夏休みに向けて貼り換えなければならない。外へ出て、道を行く連休ぼけの人間に「すぐ夏休みが来る」ということを喚起するために、先遣部隊は外へ出てチラシの入った袋を配らなければならない。その前にまず、チラシの袋詰めもしなければならない。みんな忙しいのだが、倫子はボーッとして、「今頃、休みの白戸はなにをしてるんだろう?」と考えていた。

「今日だけではなくて、休みの日にあの男はなにをしてんだろう? 掃除とか洗濯なんかをして、アイロン掛けをしてるんだろうか?」と考えた。「自分でやる」と言っていたのだから自分でやるのだろうが、意外だ。それまで、独り暮らしの白戸が一人でどういう生活をしているのかなんて、考えてみたこともなかった。知っているのは、白戸が長野県出身の独り暮らしの男ということだけだ。

「正月に部長から〝結婚しろ〟って言われて二月に結婚して、もう離婚か。いつから別居してんだろう? あの人に食事なんか作れるんだろうか?」と思うと、意味もなく「私は作れるけどね」という言葉が浮かんで来る。

「出来ないんだったら作ってやってもいいんだけどね」という言葉が浮かんで来て、自分でも「なぜそんなことを考える?」と倫子は首を捻《ひね》る。「白戸の再婚相手になりたい」と思う気がないから「なぜ?」と自問するが、倫子は「あんたが結婚を申し込まなかった女は、ちゃんと料理が出来るのよ!」ということを示して、復讐《ふくしゅう》をしたかっただけなのだ。

白戸が指定して来た店は、ホテル街からちょっと離れた和風の居酒屋だった。初めに言われた「倫子の知らない店」は、そこからほんのちょっとホテル街に近いところにあるらしい。「あんたは一体、ここら辺でなにをしてるの？」と言いたくなったが、言わなかった。「いかにもらしいな」と思ってしまったら、「ま、いっか」という気分になった。

結婚して課長になったはずの男は、そこに個室を取って倫子を待っていた。倫子が着いた時には、枝豆を肴《さかな》にしてビールを手酌《てじゃく》で飲んでいて、案内されて来た倫子に「よぅ」と言って片手を挙げたところは以前と同じだが、その雰囲気は明らかにオヤジ度を増していた。

メニューを向けられて「なんでも頼めよ」と言われるのはいいが、そこは「和風の居酒屋」だった。メニューには「刺身の盛り合わせ」がお奨《すす》めとして大書きされていた。「刺身はもういいな」と倫子が言うと、「なんでだよ？」と白戸が入って来たが、倫子には答える気がなかった。

倫子に無視された白戸は、「じゃ、刺身の盛り合わせ——二人前のやつを」と言って、「やっぱ、イタリアンか中華の方がよかったかな」と、昨日の電話で白戸に言われた「知らない店」の片カナ名前を思い出しながら、さすがにそうは言えない倫子は、「寄せ豆腐と、牛すじ煮込み」と言って、そばに立っている若い注文待ちの店員に、「サラダはなにがおいしいの?」と聞いた。

「この店にもう一度来る」という必然があると思わない倫子は、「意地悪なＯＬと思われたっていいんだもん」と構えてはいるが、若い（おそらくはバイトの）男の店員には、その程度の悪意を理解する頭脳がない。

店員は「海鮮サラダがお奨めです」と、見事にずれた答を返してくれて、倫子は「海鮮はいいな」と言った。「刺身はもういいな」と言った倫子に対して「なんでだよ?」と突っ込んだはずの白戸は、既にそんなことを言わず、「じゃ、ポテトサラダをくれ」と言った。

どうして男というものが居酒屋に来るとポテトサラダを頼みたがるのか、倫子にはよく分からない。白戸は倫子の持つメニューを覗き込んで、「焼き鳥の盛り合わせとホッケな。それとメンチカツ」と、独身男のメチャクチャな食生活丸出しの注文をした。

白戸は倫子と料理をシェアするつもりだが、倫子にその気はない。「イカ焼売《シューマイ》とね」と言った倫子はメニューのはずれの方にあった「和風ナムル盛り合わせ」というのを指差して、「これなに?」と言った。

「ワラビと、大根と人参のナムルと、ほうれん草の胡麻和えに三つ葉のからし和えです」と店員が言ったので、「じゃ、それ」と答えてから、「課長さんの奢《おご》りなんだから、和牛の鉄板焼き屋とか、どうしてそういうところに呼び出さないんだろう」と倫子は思った。

倫子が頼んだレモンサワーと白戸が頼み直した生ビールの中ジョッキが運ばれて、例のごとく白戸は「乾杯」と言った。倫子には別に乾杯をする気はないが、それを拒否するのも悪いから、形だけグラスを白戸に向け、一口アルコール分を啜《すす》ってから、「いつ別居したの？」と聞いた。

白戸は、さっさと出て来たポテトサラダをつまんで、「先月だな」と言った。

「連休前？」

「ああ。土曜日に荷物をまとめて出て行った」

「結婚したのいつだっけ？」

「二月だよ」

「で、四月に別居したって？　丸三カ月持たなかったのね？」

白戸は冷静な顔で、「いや、二月の終わりだから、丸二カ月ぐらいだな」と言った。

「あなたらしい」と倫子が言うと、白戸は「なんでだよ？」とむきになった。

「出てったのはあいつだぜ」

「でも〝離婚しよう〟って言ったんでしょう？」と倫子が言うと、白戸は「その方がお互いのためじゃないか」と言った。

「珍しい――」

「なんでだよ？」

「だって、あなたが〝お互いのため〟とか言うとは思わなかった」

白戸は口の端に薄ら笑いを浮かべて、「お前は俺のなにを知ってんだよ？」と言った。

「それって、新しいフレーズだね」と倫子は言って、白戸は妙な顔をした。

二年ぶりだか三年ぶりに会って、白戸の顔は感じが変わって「少し丸みが付いたかな」とは思ったが、慣れて焦点が合ってしまえば白戸は白戸で、着痩せがするのかスーツの下の体重がそれほど増えたようには思えない。色白の顔に髭《ひげ》の剃り跡が濃くて、目鼻立ちのシャープさは保っている。「なんでこの男が好きだったかな？」と思って、倫子は「意外と顔かな？」と思った。

世の中には、言ってみなければ分からないことがいくらでもある。

「結婚したばかりの妻が家を出て行ったのは俺の責任ではない」と言うのはいかにも白戸らしいが、倫子が白戸のなにを知っているのかと問われれば、たいしたことを知ってはいない。でも、結婚相手の方に問題はあるにしても、「俺のせいじゃない」と言うところは、いかにも白戸らしい。そういう事実に出会ってしまえば、白戸は「そういう男」だ。同じように、どうして白戸が結婚二カ月で離婚を口にして、「丸三カ月持たなかったのではない、丸二カ月持ったのだ」と言うことの理由は分からない。でも白戸がそれを言って、たった二カ月で離婚を口にしてしまうということを知れば、それは「いかにも白戸らしい」。

「自分は白戸のなにを知っているんだ？」と思って考えてみれば、「なにも知らない」かもしれない。でも「知っている」と思ってそれを口にしてしまえば、その通りだ。

それまで倫子は、白戸のことを「好きだ」などとは思ったことがなかった。でもうっかりと「なんでこの男が好きだったかな？」と自問してしまうと、「好きだったんだな」という答が現れても来る――過去のことだけれど。

過去のことは「過去」になってみなければ分からないのかもしれない。

「お前は俺のなにを知ってんだ？」と言われて、「なにが白戸らしいのか」を説明しようとして、倫子は自分がなにも知っていないことに気がついた――と言うよりも、倫子の頭脳にはそれを説明するだけのボキャブラリーがなかった。代わりに、体の中に「だって分かってるんだもん」という確証があった。

「でも、そのことは言いたくないな」と思っていたら、料理が来た。

二人前の刺身の盛り合わせと、うっすらと湯気の立つ牛すじの煮込みに寄せ豆腐と和風ナムルの盛り合わせ――とりあえずそれが来て、皿数は多いがまとまりがない。ここにイカ焼売が来るのはいいが、メンチカツやホッケの干物が出て来たらどうするのだろう?「他になんかあったかな?」と思って、倫子は「知らない」ということにした。

倫子は牛すじ煮込みの器を手許に引き寄せた。器の大きさは中くらいだが、底の浅い鉢で量も少ない。刺身は自慢だが牛すじ系統はそれほどでもない店らしい。

鮪の刺身を箸に取った白戸が、「食べろよ」と刺身を倫子に勧める。「あなたが〝お互いのため〟とか言うとは思わなかった」という倫子の言葉が効いたのかもしれない。「いらない」と言えば角が立つと思う倫子は、「うん」と頷いて、それでも牛すじの方に箸を伸ばした。

味噌の風味だけが先に出すぎて、なんだか味が薄い。熱々ではなく、小口切りのネギの風味の方が立ってぬるい。まずくはないが、この店の味だから仕方がない。

牛すじを口に入れた倫子は、「なんで結婚したの?」と言って、口の中で牛すじを転がした。

刺身を口に運んで「なんで?」と言った白戸は、「部長に言われたからだよ」と「俺、言ってなかったっけ?」の間で迷っていた。

牛すじを咀嚼して呑み込んだ倫子は、「あ、そうじゃない」と言い直して、「なんでそういう女の人と結婚したの?」と言った。

「〝なんで〟って、エイミのことか?」

「エイミっていうの？」

「ああ――」

「なんで？　バリバリで有能な人が家事はだめかもしれないって、そういうことは考えなかったの？」

倫子はあえて、白戸の結婚相手の「小柄で可愛い」という要素を問題にしなかった。男にとってはそれが重要かもしれないが、倫子にとって、それは「愚かしいファクター」で、重要ではない。

「家事なんか全然だめそうとかって、そういうのは分かんなかったの？　予想がつかないとか」

「分かんなかった――というか、考えなかった」

「どうして？」

「どうしてって言われたって、考えなかったのは考えなかったんだよ」

倫子は、自分の表情が邪悪にならないように警戒してから、「可愛かったから？」と聞いたが、白戸はあっさり「いや」と言った。

「どうしてよ、小柄で可愛いって言ったじゃない」と倫子が言うと、「そうだっけ？」と言ってから、「可愛いとかって、あんまり関係ないな」と白戸は言った。

「どっちかっつうと、きつい女だから、押さえ付けてやりたかったんだよな」

倫子が「えっ?」と言うと、個室のドアがノックされて残りの料理が運ばれて来た。焼き鳥の盛り合わせとメンチカツ、それにホッケの干物。取り皿やら醤油皿《しょうゆざら》でゴチャゴチャしているところに、そんなものを並べられたくはない。テーブルの端に追いやられた寄せ豆腐の鉢が、「どうするの?」と倫子に語りかけているような気がする。

「イカ焼売、もう少しお待ち下さい」と店員に言われて、「そんなものもあったか」と倫子は思ったが、白戸は焼き鳥の串を手に取って腿肉《ももにく》を口で引き抜くと、「あいつが仕事の出来る女じゃなかったら、俺は関心なかったな」と言った。

倫子は「嘘つけ」と思ったが、そうとは言えないので、「なんで?」と言った。

白戸にとってそれは、いたってシンプルな質問だったらしい。「だって、俺と結婚するんだったら、それなりの女じゃなきゃだめだろう」と、平気な顔をして言った。

倫子はあきれて、ためらう間もなく「あ、そう」と言った。「それであんたは、私と結婚しようという気を持たなかったのね」とは思わなかった。そういう自身がらみのことではなく、当たり前に出て来る白戸の尊大さにあきれた。

「あなたと結婚する女って、あなたに見合ってなきゃいけないの?」と言うと、「そりゃそうだろ」と白戸は言った。

倫子はまじまじと白戸を見た。そこへ「イカ焼売お待たせしました」がやって来た。頭に練りからしを載せた白いイカ焼売が蒸籠《せいろ》の中に並んで湯気を立てている。倫子はやっと自分の話し相手が見つかったような気がして、レモンサワーのグラスを空けると、「お代わりね」と店員に言った。

どうも、今日の白戸は倫子の真似《まね》ばかりをしている。「俺もね、あれだ——ああ、ウーロンハイ」と店員に言った。

倫子はイカ焼売を口に入れ、改めて白戸の顔をまじまじと見た。「この男になにを言ったらいいのだろう?」と思っていただけなのだが、その表情が白戸にはまた違って見えた。

白戸の目には、目の前の倫子が口をあんぐりと開けているように見えた。「あなたが結婚を申し込まなかった相手に向かって、よくも〝俺に見合った相手じゃなきゃだめだ〟なんてことが言えるわね」と、言っているように思えたのだ。素晴らしいほどに鈍感だった白戸も、結婚をすることによって少しばかり変わったらしい。

「俺がお前と結婚しなかった理由はさ」と、白戸は倫子が思ってもみなかったようなことを話し始めた。

「俺はさ、独立して、投資顧問とか、ファンドマネージャーとかになりたいの。だからさ、そういうことがよく分かる女じゃないとだめなの」

倫子が思うことはただ一つ。「なんと言い訳が下手な男だろう」という、それだけだった。

ドアがノックされて、レモンサワーとウーロンハイが運ばれて来た。出て行く男の店員の後ろ姿に、「もう呼ばないからね」と黙ってつぶやいて、新しいグラスを手にした倫子は、「悪いけど私、あなたと結婚したいっていう気なんてないよ——昔も今も」と言った。

言って、「すっきりした」という気分は倫子の中に生まれなかった。さして大きくなかった可能性の一つが消えて、それでもやはり可能性が消えるのは寂しかった。

倫子に言われて、白戸は「なんで?」と尋ねた。どうもこの男は、「自分と関係を持った女は、すべて自分と結婚をしたがっている」と思い込んでいるらしい。

「〝なんで?〟って言われても、私にはよく分からないのよ」と倫子は言った。

「昔は若かったし、あなたとじゃなくても、誰かと結婚したいなんて気にならなかったし。あんたの奥さんみたいに、〝仕事が出来るんだから家事だって出来る。だから結婚して女のキャリアアップをしてみたい〟なんて気はなかったもの」

「今は?」と、白戸が言った。

「今?」

「うん」

「今だって、あなたと結婚したいって気なんかないわよ。よく分かんなかったけど、あなたって、結婚には向かない男なのよ」

「なんで？」

「なんでかなんて知らない。私にはあなたの人格形成に関する知識なんかないもの。ただ、あなたの話してることを聞いて、私があなたと〝結婚したい〟って気にならなかった理由は分かったの」

「なんだよ？」

「だから言ったでしょ。あなたが結婚に向かない男だって――。そのことを感じてたから、あなたと結婚したいって、私は思わなかったのよ。多分」

「なんで？」

「だってさ、あなたは自分の立場が有利になるって理由だけで結婚したわけでしょう？」

「どうせ結婚するんだから、いいじゃないか」

「あなた的にはいいだろうけど、それで結婚したら相手が可哀想《かわいそう》じゃない」

「あいつは可哀想じゃないよ。だって結婚したがってたんだから。俺が〝やれ〟って言う前に、自分で〝家事全部やる〟って言ったんだから」

「だからさ、そこが問題だって。あんたには、〝家事やる〟って言った小娘の能力を見極める力がないんだもの。観念的なことを言ってるだけの女見て、それでいいって思ってたんだもの、うまく行くわけがないじゃない」

「だってよ。結婚して仕事辞めたら、家でじっと俺が帰って来るの待ってんだろ？　やだよ。メールばっかりどんどん送られて来たらどうすんだよ」

「送られて来たの？」

「来たよ」――そう言って白戸は、グラスに残っているウーロンハイを呷った。空になったグラスを見て、店員を呼ぶボタンを押そうとした。

「もうよしなさいよ」と倫子は言った。

「どうして？」と、白戸が尋ねた。

「私、もう帰るから」

「どうして？」

「だって別に、そんな理由ないもの」

「どうして？」

「だって、嫉妬深くて負けるのが嫌いで、仕事以外に能がないあんたの奥さんが、探偵雇ってあんたの尾行をさせてるかもしれないじゃない」

言われた白戸が後ろを振り返ったところはおかしかった。

「だってさ、結婚に向かないあんたの奥さんが、家事が出来ないせいで離婚を承諾したら、彼女の負けでしょう？　でも、別居中にあんたがよその女となんかしてるってことになったら、離婚の理由は〝夫の不貞〟よ。私だって、知らない女から慰謝料なんて請求されたくないもん」

「俺はどうすればいいんだよ」と白戸は言った。

「知らない――あ、そうだ。あんたの奥さんのお母さんと同居すりゃいいのに。家事、全部やってもらえば？」

　倫子の言葉に白戸は、「やだよ、あんなババア」と言った。

　それを聞いて倫子は、まだ見たことのない花蓮の母親の顔を想像した。「エイミ」とか言う白戸の妻は、花蓮とは似ていないだろうけれど、もしかしたら、「エイミ」の母と花蓮の母は、似たようなタイプなのかもしれない。

「また会ってくれよ」と、白戸は言った。

「どうして？」とは言わずに、倫子は「いやじゃなかったらね」と言った。

「いやじゃなかったら会ってもいい」というのは、かなり複雑な内容の籠った言葉だが、白戸は「なんだよそれ？」とも言わずに、「正直言って俺、女がよく分かんないんだよ」と言った。

「そうか、〝相手を押さえ付けてやりたい〟という願望はこういうことなのか」と倫子は思ったが、倫子にはそもそも「いやな相手を押さえ付けたい」という願望がない。それを言おうとも思わなかったが、「いいじゃない、女なんか分かんなくたって。あんたは自分でシャツのアイロンも掛けられるんだから」と胸の中で思った。

四　結婚する花蓮

白戸と別れた後、駅で電車を待つ内に倫子はへんな女を見た。「へん」と言ってもそれほどへんではない。自分より若い女がへんなメイクをしているので、「へんな女」と倫子は思った。

ほっそりした体の小顔で、街の平均からすればつけまつ毛やマスカラの付け方もおとなしめではあるけれど、ノーズシャドウの入れ方が異様に濃い。鼻の両脇に入れたシャドウの線が、目の周りのメイクの強さより勝っている。「なんだろ、この女は？」と思って、倫子はイチャモンをつけられない程度にまじまじと見てしまった。

色白で、顔の作りも平板で、目も鼻も口もたいして自己主張をしていない。メイクをするならもう少し目の周りを重点的にやった方がいいだろうに、その女はあくまでも鼻の筋にこだわっている。「だったら整形で鼻になんか入れてもらえばいいのに」と倫子は思うが、電車を待つ列に並ぶ女は、トリックアートで存在感が希薄な鼻を３Ｄに見せている。

女子大生ではない。夜の十時に電車で帰るのだから勤め女だろうが、ちょっといびつな風俗系の匂いがする。「何者なんだろうか?」と思って、やって来た電車に乗り込んだ後でも気になって行方を目で追ったが、たぶんまァ、「化粧が下手な若いＯＬ」なのだろう。

吊り革に摑《つか》まって、暗い窓に映る自分の姿を見るともなく見ていて、電車が走り出した途端、「エイミ」というどんな字を書くのか分からない白戸の妻のことが頭に浮かんだ。

「小顔なんだろうな」と倫子は思って、「私は小顔じゃないしな」と、窓ガラスに映る自分の顔で確認した。「やっぱり私は、東京の女じゃないのかもしれないな」と思って、花蓮の小顔を思った。

「あの子、なにが相談したいんだろう?」と、朝の内に花蓮が言った「相談したいことがある」を思い出した。「あの子もエイミと同じで、家事がだめなのかな? あんまりそんな風にも見えないけどな」と、おしゃれが好きなわりにはまめに動き回る花蓮の様子を思い出した。

「でも、あの子も東京だしな」と、紅いルージュが印象的な花蓮の小顔を思い出した。花蓮は実家で両親と暮らしている。「家賃がかからない人はいいな」と、花蓮の着ている服を見て思ったことはあるが、花蓮は自分で料理なんか作れるんだろうか?

娘を離したがらない花蓮の母親は厄介だが、エイミなる女は自分の母親のことをどう思っているのだろうか？　実家まで自分の洗濯物を持って行って洗ってもらうんだから、エイミなる女は自分の母親を厄介だと思ってはいないのだろう。そこら辺が花蓮とは違う気もするが、花蓮とエイミが違う女かどうかは、よく分からない。

美魔女に憧れる花蓮の母親だって、「いい母親」を演じているつもりなんだろうから、働く娘の世話はするだろう。白戸の結婚相手の女はバリバリの仕事志向で、母親はそれをサポートしている。「離婚したら自分のキャリアに傷がつくからいやだ」と言っている白戸の結婚相手は「なんでもほしがる女」で、「結婚したら私も働かなきゃいけないでしょう」と言っている花蓮とは違う。

「でもなんか、白戸の結婚相手の母親と花蓮の母親は似ているような気がして、それで花蓮もなんかヤバイことを抱えているのかな？」とは思ったが、他人の家庭のことは分からない。ちょうど電車が駅に着いたので、「いいや、明日考えよう」と思って電車を下りた。

次の日、倫子は遅番だったが、花蓮は早番だった。連休明けだから、さすがに客は多くない。最早《もはや》「お局様《つぼねさま》」の年頃に近づいている倫子や花蓮は、外でチラシ配りをする義務からは免れている。どうもはっきりとは言われないが、若い女の方が受け取ってもらえる率は高いらしい。「失礼しちゃうわ」だが、おかげで倫子と花蓮はオフィスに残れた。

昼の時間が過ぎて花蓮が休憩室へ入るのを見て、手隙だった倫子は後を追った。花蓮がチラッと倫子の方を見たので、「来て」と言われてるのかと倫子は思った。

休憩室に入ると、花蓮は財布を持って外へ出ようとするところだったが、倫子に笑顔を見せた。倫子は、「相談てなに？」と聞きようによっては意地悪なお局ＯＬが若い娘をいじめているととられかねないようなことを言った。

「私、迷ってるの」と花蓮が言うので、「なにを？」と倫子が言うと、無人ではない休憩室の中に目をやって、「明日言うわ」と答えた。

「あ、別にあんたが待っててくれるなら、私は今日でもいいよ」と倫子が言うと、花蓮は、「あ、彼に〝明日〟って言ってあるから、明日でいいの」と答えた。

「彼も来るの？」

「うん」

そう言って花蓮は休憩室を出て行った。倫子には「悩んでないじゃん」としか思えなかった。

翌日、仕事終わりの倫子と花蓮は連れ立ってオフィスを出た。

オフィスのあるビルを出ると、倫子は花蓮に、「別に悩みなんてないんじゃないの？　なに悩んでんの？」と、前を向いたまま聞いた。約束だからいいが、あるんだかないんだか分からない「悩み」のために時間を取られるのは、なんとなく腹が立つ。

歩きながら花蓮は、「ママが賛成してくれないような気がするのよ」と言った。「いいじゃん、そんなの。あんたが結婚するんだからさ」と言って、「他人の幸福な結婚の話に付き合わされるのは腹立たしいことだ」と思った。「だって」もへったくれもない。「それはそうじゃないか」と。

「そうなんだけど」と言って、花蓮は横を行く倫子の顔をチラリと窃《ぬす》み視《み》た。

もうすぐ花蓮は二十八になる。倫子とは同年の生まれだが学年は一つ下だから、時々倫子の方がずっと先輩で、花蓮が二つ三つ年下のような感じにもなる。少なくとも、甘えるような顔をして人を覗き込むなどという芸当が、倫子には出来ない。「チクショー」というメロディに乗せて、「男はこれが好きなんだろうな」と思う。「これが世に言う、先を越される屈辱感か」と、ついにそのイライラ感の正体を思う。もう、口のきき方がきつくなるのは仕方がない。

倫子は言った――。

「あんただってもう二十八なんだしさ、出来るもんだったらさっさとしちゃった方がいいよ、結婚」

「そうなんだよね」と花蓮が返した。

「後二カ月で二十八だもんね——」

癪に障る時は、一々が癪に障る。「なぜ〝来週二十八だ〟と言えない！」と倫子は内心毒づいたが、いくらなんでもそれは無理だろう。

倫子は言った。

「私さァ、一昨日《おととい》、前に付き合ってた男と会ってたの」

「あ、それでだめだったんだ」

「〝会ってくれ〟って言うから会ったんだけどさ」と、倫子はささやかな嘘をついた。

「会って分かったんだけどさ、その男、結婚してたのよ」

「それってもしかして、前に言ってた証券会社の人？」

「そうそう。そんで会ってさ、その人がなんで〝会いたい〟って言ったかが分かったの」

「なんで？」

「今年の二月に結婚したのに、もう別居なんだって」

「それで倫子さんに相談したの？」

「うん」と言って、倫子はささやかな嘘の辻褄《つじつま》を合わせた。

「やっぱり、誰でも倫子さんには相談しちゃうよね」と花蓮は言った。

そこへの道は結構な上り坂になっている。

話を続けた。行き先は、もう二人の行きつけになってしまった安いイタリア料理店で、
倫子は、「これしきのことで騙されてたまるもんか」と思って、花蓮のためのきつい
「嘘つけ――」と倫子は思ったが、癪に障ることに、言われて悪い気はしない。
「だって倫子さん、頼りになるもの」
「どうして?」

「なんで別居したのかって言うとさ、その女、家事が全然出来ないの。まだ二十五で、可愛くってきれいなんだって言うけどね」

「その、証券会社の人の奥さんね?」

「そう。家事が全然出来ないくせに、自分のステイタスで結婚したのよ」

「仕事辞めて?」

「ち、が、う。仕事バリバリのキャリアウーマンで、仕事が出来るから結婚もして、それで完璧な女になりたかった欲張り女なのよ」

「でも、二十五で仕事バリバリになれるってすごいね。その人、可愛くってきれいなんでしょ?」と、花蓮の目のつけどころは倫子と少し違う。

倫子は立ち止まって花蓮の方に向き直ると、「あんた、自分がそうだったらいいなっ

て思ってるの？」と言った。

　悪びれない花蓮の答は、「ちょっとね」だった。

「こんなところで立ち止まってられない」と思う倫子はまた歩き出して、「その女は全然、家事がだめなのよ」と言った。

「だめならだめでさ、二人でシェアしてやればいいわけでしょ？　結婚なんだからさ。でも、その女はだめなのよ。〝自分は出来ない〟ってことが認められないから、彼が〝いいから俺がやる〟って言っても、任せられないの」

「その、証券会社の人よね？」

「白戸って言うんだけどね」

「あ、そうなんだ」

　花蓮にしてみれば、人の昔の男のことなんかどうでもいい。

「でさ、その女、洗濯するだけで疲れちゃうんだって」

「どうして？」

「知らない。あなた、自分で洗濯する？」

「するよ。いつもじゃないけど」と言って店の前に着いて、花蓮がドアを開けて入ったので、倫子の言う「よかった」は、花蓮に聞こえなかった。

「予約した大橋ですけど」と花蓮は言って、そう広くもない店内を奥へ案内される間にも、倫子は話し続けた。

「めんどくさいから白戸は、〝自分の分くらい自分でする〟って言ったのよ。そしたらさ、その女は自分の洗濯物持って実家に帰って、母親に洗濯させたのよ」

「こちらへどうぞ」の店員は、聞こえているのに聞いていない顔をして、でも明らかに「大変ですね」と頷いているような顔をしている。

倫子は「聞いてる?」と言って、店員はメニューを置いて去り、花蓮は茶色い年季の入ったビニールレザーの表紙のメニューを開いて、「聞いてるよ」と言った。

「母親ってこわいよね。そう思わない?」と倫子は言った。

「聞いてる」の花蓮は軽く頷いて、「トマトのサラダ食べるよね?」と言った。

倫子は「うん」と言って、「だって、そうやって帰って来た娘をそのままにしてんだよ」と言った。

「そうなんだ」と言った花蓮は、「マッシュルームとアンチョビのオイル焼き頼んでいい?」と言った。

倫子が「いいよ」と言うと、ウエイターがやって来て、「お飲み物、どうしましょう?」と言う。花蓮は「後で鴨志田くん来るから、イタリアンワイン、ボトルで頼んじゃおうか?」と言った。

「いいから私に話させてくれ」と思う倫子は、「いいよ」と言った。

「なににする、白、赤？」と花蓮は言って、「どうでもいいからあんた決めてくれよ」と思う倫子は、花蓮に「決めてよ」と言って、テーブルを指先で軽く叩いている。

花蓮とウエイターは、「結婚式の引き出物はなににしようか？」と相談をするように、ひそひそかつ親密にワインリストを覗き込んでいる。それを見ながら倫子は、「私はなにを言おうとしていたんだっけ？」と、頭の中を整理している。

岸壁を離れた船は汽笛を響かせ、煙を靡《なび》かせ、渡すはずの手作りランチを持った倫子は、一人岸壁に立って「忘れ物だよ！」と言うように、虚しくランチボックスを振りかざす。

倫子は、「もういい？」と言いたい。

花蓮とウエイターは相変わらず仲がいい。なにかと決めることがあるらしい。

「パスタ、なににする？」と花蓮は言って、倫子は逆向きのメニューを首を捻って見て、「これ」と指差した。ウエイターはにっこり笑って「オマール海老のクリームパスタですね」と言って、倫子は「パスタは何？」と聞いた。ウエイターは「フェットチィネですね」と言って、倫子が「それ」と言うと笑って去った。

「それでさ」とばかりに、倫子は身を乗り出す。

「その家事の出来ない女はさ、家に帰ってそのまま別居なのよ」

「洗濯物持って帰ってね？」

「そうそう」

話はいつの間にか微妙に怪しくなっているが、他人の悪口だから知ったことではない。

「実家に帰って別居状態でさ。でも〝離婚はやだ〟って言うのよ」

「どうして？」

「だって、離婚なんかしたら、自分のキャリアに傷がつくじゃない——というか、その優等生の彼女は信じ込んでるわけ」

「そうなんだ？」

「それでさ、実家にいて、カウンセリングに通ってるんだって」

「どうして？」

「なんか、自分にどっか問題があるんだろうかって考えてんじゃないの？　そんなんだったら家事が出来るようになればいいじゃない。そうでしょ？」

倫子は、自分より年下で東京出身で小顔で可愛くて仕事がバリバリ出来て、上司から「結婚しろ」と言われた男がさっさと「結婚しようぜ」と言ってしまうような女が気に入らないのだ。「白戸と結婚したい」というのではなくて、妻としては有能であるはずの自分に結婚の話がなくて、結婚生活能力のない女の方が簡単に結婚出来てしまうそのことが、気に入らないのだ。

「でもさ——」と、花蓮は言った。

「その人、なんかの病気じゃないの？」

「病気？」

「うん。ほら、片付けられないのは脳の病気だって言うじゃない。その人、家事が出来ないって、脳の病気じゃないの？」

「病気かァ——」と、倫子は唸《うな》った。とんだ伏兵が現れた。それが脳の故障による病気だとしたら、そうきついことは言えない。

しかし、絶妙なバランス能力を持つ花蓮は、「よく分かんないけど」と付け加えることを忘れなかった。

「病気だったらしょうがないな」と倫子が思っているところへ、ウエイターがワインボトルを持ってやって来た。「テイスティングをなさいますか」と言うのを、花蓮は倫子に「して」と言った。

グラスに注がれたのは白だった。ちょっとひっかかるところはあったが、悪い味ではなかった。どちらかと言うと、今夜はひっかかりたい。

「いいよ」と倫子は言って、笑顔のウエイターは二人のグラスにワインを注ぐと、アイスペイルにボトルを入れて去った。

倫子と花蓮は形ばかりの「乾杯」をして、それから倫子はやっと自分の言いたいことを言った。

「病気だったらしょうがないな、とかは思うんだけどさ、でも私、問題は母親なんじゃないかと思うんだ」

「どうして？」

「想像なんだけどさ、その女は母親に甘やかされたのよ。〝あなたはなんにもしなくていい、勉強だけしときなさい、私のために社会に出て有能な女になりなさい〟とかさ。大学の時にそういうのがいた。突然、〝私なんにも出来ない〟って言い出してさ、〝どうしたの？〟って聞いたら、〝母親が身の回りのことを全部やってたから、一人になるとなんにも出来ない〟って」

「それでどうしたの？」

「その女？」

「うん」

「男と同棲《どうせい》した――」

花蓮は「あきれた」と言う口で、「そうなんだ」と言った。

「そうなんだよね。そういう女でも、簡単に受け入れられちゃうんだよね」

「そうだよね」

「そういう女ほど、かもしれないよね」

「そうだよね」

「でもすぐ、やばくなっちゃうけどね」

「そうだね」

「だから私はさ、出来るんだったらさっさと結婚しちゃえばいいって思うんだけどね」

「うん」

倫子の「だから」がどこに掛かるのかはよく分からない。

「だって、あなたの弟〝結婚したい〟って言ってるんでしょ？」

「うん」

「一緒に住んでるんだっけ？」

「そう」

「二十四だっけ？」

「そう」

「じゃさ、あんたの弟、結婚して家出て行くわけでしょ？」

「そう」

「そうしたらさ、あんたは母親と二人きりになるわけでしょ――あ、お父さんはいるだろうけどさ。そういう風になったら、お母さん、あんたのこと離さないと思うよ」

「思う。やっぱり親離れするんだったらさ、弟より先に結婚して家出ちゃった方がいいよ」

「そう思う？」

「そうかな？」

「だってそうじゃない。あなたはもう二十八なんだしさ、〝私の方が先よ〟って、弟に言ったっていいわけでしょ？」

「そうだよね」と言った花蓮は、「私まだ二十七だけど」とは言わなかった。

倫子はとりあえず義憤に駆られる。「どうして世の中の母親は娘の前に立ち塞がるのだろうか」と。そう思って一転、気泡のような不満がブツブツと湧く――「どうして私の母親は、自分の娘にあまり関心を持たないのだろう」と。

倫子は別に、母親になんだかんだ言われてかまわれたいわけではない。教師の母親は、家庭よりも職場の方を向いていた。それはそれで慣れてしまったから文句はないが、東京に出て来て自分とは正反対の育ち方をした娘達がいくらでもいることを知って、驚いた。千葉の田舎では聞いたことがないくらい、娘を母親がかまっている。そういう話ばかりを当たり前に聞いていると、「どうせ私は下総の田舎者ですよ」という気になる。

えらそうに「日本の中心」という顔をしていて、そこにいる女達は、普通に当たり前のあり方からずれている。ずれていて、それをへんだとも思わずに、よりへんな方向に磨きをかけるのが、おしゃれなんだかセレブっぽいんだかよく分からない「ア・ウエイ・オブ・ライフ」だと思っている。そこのところが頭に来る。どうして問題のある母親を抱えている方がおしゃれなんだろう？　その東京で「東京の女」になろうとしている自分が、なんだかバカらしく思える。

「弟より先に結婚しなきゃだめよ」と言われた花蓮は、「そうだよね」と言って格別の反応を示さない。花蓮は、目の前にいる倫子がなにかに怒っているような気がして、そのほとぼりが冷めるのを待っていたのだが、トマトとモッツアレラチーズとバジルがイタリア国旗のように並べられた皿がやって来たのを見て、「私もそう思うんだ」と言った。

自分から「さっさと結婚しなさいよ」と言っておいて、倫子は「なにを？」と聞き返した。

「だから、結婚するって——」と、花蓮は言った。

「お母さん、なんだかんだ言うかもしれないけどさ、結婚するのは私だし、だから結婚しちゃおうと思ってたんだ」

「思ってたの？」

「うん」

「だったら、悩みもへったくれもないじゃん。あんたが〝お母さんが賛成してくれないような気がする〟って言うからさ――」

「うん。でも、結婚するの私だし――」

「じゃ、いいじゃん」

「うん」

「悩みってなんだったの？　〝私、迷ってる〟って言ってなかった？」

「ああ、言ったかもしれないけど――」と言ったまま、花蓮はフォークの先で、遅れてやって来たニンニクの匂いが食欲を刺激する熱いアンチョビとマッシュルームのオイル焼きの皿の端を突き始めた。

花蓮がいろいろなことに迷っていたのは本当だった。「結婚してうまくやって行けるのか」とか、「母親はあまり賛成しないだろうな」とか、「本当に相手はこの人でいいのだろうか？」とか。

そんな悩みは、以前から抱えていた。相手の鴨志田が「結婚しよう」とは言わないから、「言ってくれない」という不安定要素を抱えて、花蓮は「彼と結婚したらどうなるんだろう？」という、かなりいびつなシミュレイションをしていたのだ。前提がいびつだから結果が「うまく行きそうもない」という方向に傾くのは当然のことで、幸福を予感する人間の内にはそういう不幸シミュレイションにうっとりする人間もいるものだ。

花蓮は、「彼と結婚してもうまく行かないんじゃないか？」というシミュレイションを繰り返す内に、鴨志田への気持が固まってしまったのだ。

固まって、まだ「不安の根っこ」だけは花蓮の中に残っている――なにしろまだ結婚してないのだから。それが花蓮の言う「私、迷ってるの」なのだが、そう言って花蓮は、実のところなにも悩んでいない。「悩んでないじゃん」と倫子が思ったのはその通りなのだが、「結婚てなんなんだ？」という方向に入り込みすぎてしまった倫子は、決定的なあることが分からなくなっていた。花蓮は、倫子に「おめでとう、よかったじゃない」と言ってもらいたかったのだ。

経験のないことをするに際しては、誰しも緊張して少しばかり不安になる。そこを「大丈夫」と言って背中を押してやればなんとかなる。結婚の場合はそこに、「おめでとう、よかったね」が使われる。しかし「結婚」ということを考え始めたのがわずか二月ほど前の倫子は、そこに気がつかなかった。

下手《したて》に出た花蓮が「相談に乗って」などと言ったものだから、倫子は「またなにか問題が？」などと思った。「相談に乗って」と言っておきながら、深刻そうなところもない。おまけに「彼も来る」というのだから、「悩みなんかないじゃん」と思う。「悩み」なんかないはずの花蓮が、妙に嘘臭くカマトトぶっているような気がしてイライラしたが、「結婚」に関してアマチュアの倫子は、倫子に祝福してもらいたい花蓮が、えらそうにならず、自慢にならないように低く構えていることに気がつかなかったのだ。

五　私は底辺労働者

「お母さんはさ、鴨志田くんの会社のこと〝よくわからない〞って言ってるんだけどさ」と花蓮は言った。

「企画会社でしょ？」

「うん」

「私もなにするのかよく分からない」

「いろいろやってんだけど、企業のイベント関係の仕事が多いのよ」

「そうなんだ」

「今年なんか、青山のファッションビルの一年分のイベントの企画する仕事取っちゃったのよ」

「そうなんだ」

「だからさ、そこにママを連れてけばいいのよ。〝これ、鴨志田くんの会社でやってるのよ〞って言えば、〝へー〞って納得するもん」

「そうなんだ」

「そうよ。東京スカイツリー見に行って感心してるおばさんとおんなじなんだから」

「そうなの?」

「そうよ。自分じゃ〝スカイツリーって、なんであんなに人が行くのかしらね〟って言ってるくせに、本心じゃ行きたくてしょうがないんだから」

「そうなの?」

「そうそう」

そこに手長海老の香草焼きが来た。「おいしそう」と言って自分の取り皿に手長海老の半身を取ると、「私が悩んでるのはそこじゃないのよ」と花蓮は言った。

「なに?」と言って倫子は、「やっぱり悩みはあるんじゃない」と言いそうになった。

花蓮は、「仕事のこと」と言った。

「私、会社辞めるかどうするかで、悩んでるの」

「辞めるの?」

「というか、転職するかどうかなんだけどね」

「そっちか――」

「ウチの会社って、三十過ぎの人、岩子さんくらいしかいないじゃない? 結婚するんだったら辞め時かな、とかも思うの。お給料のこともあるけれど、それよりお休みが少ないのが困るの。今って、有休が五日でしょ。土日だってお休みじゃないし。鴨志田くんの会社だって不規則だけどさ、一応は週休二日なのよ。時間不規則で残業だって多いけどさ、あんまり普通の会社じゃないから、なんとか時間の遣り繰りはつけてくれたけど、結婚するとそうもいかないじゃない。このまんまだったらすれ違いで、結婚してる意味だってなくなっちゃうから、どうしようかなって考えてるの」

「あのね」と倫子は、よからぬ考えを抱えている人間のようにひそかに身を乗り出した。

「こないだ、千葉行ってたじゃない？」

「うん。温泉でしょ？」

「父親の還暦祝いだから、兄ちゃんも嫁さんも一緒だったの——子供連れてね。兄ちゃんの嫁さんていうのが、役所の厚生課に勤めてんのよ——今は育休中なんだけど。それでさ、私が〝有休五日だから家帰って来るのも大変だ〟って言ったのよ。そしたら、〝それはへんだ〟って言うの。有給休暇は年に最低十日って決まってるから、有休五日じゃ労働基準法違反だって」

「そうなんだ？」

「そうなのよ。でもね、その労働基準法って、罰則がないのよ」

「ないの？」

「ないわけじゃないけど意味なんかないらしい」

「てことは、違反しても平気ってこと？」

「そうなの。ウチの会社って、結構ブラックなのよ」

「やっぱりね」

「そう思ってた？」

「そうなんじゃないかって気はしてた」

「だからさ、組合作って〝有休増やせ〟って要求しなきゃいけないのよ」

「だってウチの会社、組合ないじゃない」

「そうなのよ」

「倫子さん、組合作るの？」

「いやよ。そんなことして大事な時間犠牲にしたくないしさ、どうせみんなすぐに辞めちゃうんだから」

「そうなのよ。だから私、結婚退職って考えたのよ。でもまだ専業主婦になろうって気はないから、それで転職って考えたんだけど、結婚して転職して、そこで妊娠したらどうしようって」

「そうだよね」

「そこで妊娠して、出産育児の休暇が取れたらいいけど、取れなかったら退職でしょ？　それでまた復職って大変でしょう？」

「そうだよね。そこら辺、労働基準法ってどうなってるんだろう？」

「どうなってるのかは知らないけど、罰則はないのよ、どうせ。だから、出産で会社辞めてそのままの人って、いくらでもいるのよ。私なんかさ、特別な才能があるわけじゃないじゃない？」

花蓮が言うから倫子も言う。

「私だってそうだよ」

「キャリアアップとかなんとかっていうの、私達には関係ないじゃない？　私達は底辺労働者なんだしさ」

時として花蓮は、とんでもなく悲観的な認識を口走る。前には、「私達って、不幸な人達かもしれないよね」と言った。言われてしまえばそうなのだ。

「あんまりそんなこと考えなかったけどさ、結婚てこと考えるとメチャクチャだよね。倫子さんは違うのかもしれないけど、私みたいな普通の女って、当たり前にただ働いて、それだけでしょ？　転職出来るってことは、なにしたって、結局はおんなじだってことでしょ？　その、あなたの言ってる証券会社の人の奥さんて羨ましいわ」

「どうして？」

「だって、仕事バリバリなんでしょ？　私にはそういう執着ってないもん。そういう風になれるって、羨ましい」

「でも、へんな女だよ」

「倫子さん、会ったことあるの？」

「ないけど、やな女に決まってるじゃない」

「どうして？」

「だって、母親に依存してるのよ」

花蓮は黙った。

「私はやっぱり、格差社会なんだと思うんだ」と、倫子は言った。

「どうして？」

「だってさ、白戸の女は働く必要なんかないんだもの——って、つまり、生活のために働く必要なんかないのよ」

「そうなの？」

「そうだと思う。だって、〝自分は優秀な女だ〟ってことを言いたいために働いてるんだもん。だから、出来ないくせに〝離婚はやだ〟って言うのよ。それでもいいように、母親が支えてたりするわけでしょ？　格差社会よ。私なんか、見栄もへったくれもなくて、働かなくちゃいけないんだもの。１Ｋのアパートよ。勝手に〝マンション〟て看板出してるけどさ、軽量鉄骨のアパートに住んでるんだもの。働かなきゃどうしようもないんだしさ、働いたって、よく考えたらどうなるか分かんないのよ」

「だから私達は、底辺労働者なんだって。若い時はそこら辺曖昧なんだけど、気がつきゃ名もない底辺労働者なのよ。〝自分なりに生きます〟って言うと、そういう風になるのよ」と言って、花蓮の目は入口の方に止まった。

「来た」と言って、緊張に強張《こわば》っていた顔が、お湯をかけたようにやんわりと溶けた。

倫子が振り返ると、花蓮の結婚相手の鴨志田が「遅くなっちゃって」と言って汗をかきながらやって来た。

花蓮が黙って自分の椅子を横にずらす。相変わらずぬいぐるみの熊みたいな鴨志田が、その横に座る。

花蓮は少しばかりかしこまって、席に着いた鴨志田は額の汗をハンカチで拭いながら、「遅れちゃって」と弁解を繰り返す。

丸顔で眉の濃い鴨志田は、どう見ても「いい人」だ。少し息を荒くしている鴨志田に向かって、倫子は、「髪の毛切りました？ 前からそんな頭してましたっけ？」と言った。

花蓮は、テーブルの端のグラスを取ってポットの水を注ぐと鴨志田に渡した。

鴨志田はその水を飲んで、「ラグビーやってたから、昔からこの頭ですよ」と言った。

スポーツ刈りの熊と花蓮が並んでいて、倫子はその鴨志田に向かって、「結婚するんですって？」と言った。

「そうなんです」と言うと、鴨志田は膝に手を揃えて、「やっと承知してくれたんです」と言った。

「そうなんですか？」と倫子は言った。

「花蓮の話だと、あなたがなかなか結婚の話をしてくれないから、それで悩んでたみたいですけど」と言うと、鴨志田は「そうなの？」と言って横の花蓮を見た。

ちょっと前までは「底辺労働者」だった女は、別になんとも言わなかった。倫子は、二人が揃って並んでいるのを見て、「よかったじゃない。おめでとう」と言った。

それが初めて倫子が見た、リアルタイムで結婚が成立する瞬間だった。

「後は自分がどうするかだよな」と思っていると、「まァ、そう焦らなくてもいいじゃないですか」と言うように、若いウエイターが湯気の立つ濃厚なクリームソースのオマール海老のフェットチィネを持って来た。

もちろん倫子は、結婚式の料理に伊勢海老が出される理由なんか知らない。

倫子がオマール海老を頼んだのは、「どうせ鴨志田が払うんだから」と思っただけで、結婚式の料理に「腰が曲がるまで末永く添い遂げられますように」の意味で伊勢海老が出されることを踏襲したわけではない。

第四章　倫子の結婚

一　「おめでとう」ではあるけれど

どうやら花蓮の結婚は決まった。しかし、友人の結婚式に出席したことはあるが、目の前に並んだ当事者二人から「結婚」を直接伝えられるなどという経験をしたことのない倫子にとって、「結婚」というものはどうやら予想外の事態だった。目の前に出来上がったばかりの「結婚」を見ていると、なんだか恥ずかしい。遠くから「結婚てなんだ？」と思ってあれこれと考えている分にはいいが、それが目の前にあると、どう考えていいのかが分からなくなる。「結婚」というものが「当事者達だけのもの」で、他人の結婚は所詮「他人の結婚」でしかないことがはっきりしてしまうからだ。

「あなた達のように、私も結婚がしたいのだけれども」と思っても、「ああ、そうなんだ」と思うばかりの幸せな当事者は、自分達の自己完結の中から出て来ない。目の前に出来立てホヤホヤの「結婚」があって、しかしそれが「結婚をしたい」と思う自分とはまったく関係がないのはどういうことだろうと、「よかったじゃない」と言いながらも倫子は思う。

これで倫子がもう結婚していたり、結婚の儀式に対してロマンチックな憧れを持っている女だったりしたら、「式はいつ?」とか「式はどこで挙げるの?」とかを聞くのだろうが、倫子は「結婚をしたい」と思っているだけの「結婚に関するアマチュア」なので、「よかったじゃない。おめでとう」と言っても、その後が続かない。目の前に置かれた湯気の立つオマール海老のフェットチィネを見て、「そうか、〝よかったじゃない。おめでとう〟と言ったって、〝次はあなたの番よ〟と言われて結婚がプレゼントされるわけではない」ということに気づくだけだ。パスタなら「シェアなさいますか?」もあるが、結婚にシェアはない。

花蓮は「いい匂い」と言って、倫子に「食べて」と言う。オマール海老のフェットチィネは湯気の立つクリームソースのヴォリューミィで、幸福な二人の前で一人でズルズルと食べるには重過ぎる。倫子は「シェアしない?」と言ったが、花蓮は、「いいのよ、大丈夫」と言う。

「きっと大丈夫なんだろうな」と倫子は思うが、一人取り残されたような寂寥感が漂うのは否《いな》めない。

結婚に関してアマチュアの倫子は、濃厚なクリームソースの中にフォークを突っ込んでボサッとしている。その倫子に対して花蓮は、「式の日取りはまだなんだけど、秋くらいかなって思ってるの」と言う。

それに対して、フォークを口に運んだ倫子は、「そうなんだ」とは言わずに、「秋だったら混雑するから、早めに予約をしといた方がいいんじゃないの？」と、旅行会社の窓口ＯＬ丸出しの口をきいてしまう。

花蓮の答は「うん、そうなんだけどね」だけで、その先がない。ただ鴨志田と顔を見合わせている。話に聞くだけで現実にはまだ見たことのない「結婚が決まって幸福な二人」が目の前にいて、「そりゃ、そういうもんだからしょうがないんだろうな」と、思うしかない。

オマール海老を口にいれ、「きっとおいしいんだろうな」と他人事のように感じながら、鴨志田がやって来てそのままになってしまった話の先を続ける——。

「それであなたは、会社辞めるの？」

ほんの少し前まで「私、会社辞めるかどうかで、悩んでるの」と言って、「私達は底辺労働者なんだしさ」と言っていた女は、婚約者の方に顔を向けてから、「分からない」と言った。

きっぱりした顔で、「結婚して転職したって、そこで妊娠したらまた同じでしょ？だから、出来たら出来たその時に考えようって」と言って花蓮は、「ね？」と鴨志田に同意を求める。

鴨志田は当然のように「うん」と言って、つい少し前まで「私達は――」と底辺労働者としての連帯を倫子に訴えていたはずの花蓮は、もう違うところにいる。いかに結婚に関するアマチュアとはいえ、倫子には「さっきあんたの言ってたことはどうなるのよ！」とは言えない。結婚を決めた花蓮は、もう「違うところ」にいて、どういうわけか倫子にも「結婚とはそういうものだ」ということが直感で分かるのだ。

「こうなったら、オマール海老のフェットチィネを食べるしかないな。私にはこれがあるからいいか」とあきらめて思う倫子に、花蓮は声を低めて「それよりさ――」と言った。

「結婚するとなったら今の会社の労働条件では困る」と言っていたはずの女が、声をひそめて「それよりさ――」と言う問題はなにかと倫子が思うと、花蓮は、「私、結婚のこと、まだ、パパにもママにも言ってないの」と言った。

「どうして？」と倫子が言うと、花蓮は少し恥ずかしそうな顔をして、「まだ、ちょっと不安なの」と言った。

倫子は、鴨志田の方に顔を向けて「どうして？」と言う。

「結婚の話をしてもなかなか承諾してもらえなかった」と言った婚約者は目を丸くして、「さてね——」と首をすくめる。

倫子はもう一度、「どうしてよ？」と花蓮に尋ね返す。

なにかを観念したのか、それとも照れ臭いのか、不思議な表情をした花蓮は、視線をテーブルに落としたままで言った。

「たとえばさ、〝あなた、本当に結婚して大丈夫なの？〟ってママに言われると、〝本当に大丈夫なのかな〟っていう気がしちゃうのよ」

「それ、言われたの？」

「言われてない。でも、もし言われたらどうするのかなって、思うの」と、花蓮は言った。

倫子はめんどくさくなって、鴨志田に「だってさ——」と送り返した。

鴨志田は、「ちょっと困ったな」というような顔をして頭を掻いた。もしかして、「誰かに言われたら、大丈夫なのかな？」という逡巡《しゅんじゅん》は、鴨志田の前で何度も繰り返されていたことなのかもしれない。

倫子は言った——。

「あなたさっき、〝結婚するの私だし、お母さんがなんだかんだ言うかもしれないけど、結婚しちゃおうと思ってる〟って言ったじゃない」

花蓮は顔を上げて、「言ったけどさ――」と言う。ただの「言ったよ」ではなくて、その後に「けどさ」が続くから、「だからなんだ?」と、鴨志田も花蓮の顔を覗き込む。

鴨志田は気にしているのかもしれないが、倫子の方は容赦がない。

「あなた、言ったでしょ! 〝結婚するのは私だ〟って。だったらいいじゃないよ! 彼だっていい人みたいなんだしさ!」

そう言って鴨志田に向かい、「いい人みたいって、ごめんね」と言った。「いい人みたい」であることは確かだが、それ以上のことは分からないから仕方がない。

鴨志田は笑いながら、「いいんですよ」と言って、花蓮はその鴨志田の顔を見ていた。

倫子の方に向き直った花蓮は、「私、誰かに〝大丈夫〟って言ってもらいたかったのよ」と言った。

「するのは私だけど、でもやっぱりなんとなく不安だから、倫子さんに〝大丈夫〟って言ってもらいたかったのよ」

倫子が「そうなの?」と言うと、花蓮は「うん」と頷いた。

倫子は、花蓮に「ちょっと来てくれない」と言われて鴨志田の待つJRの駅にまで行った夜のことを思い出した。

「なんだろう?」と思っても、花蓮は「ちょっと――」としか言わなかった。その先に待っていた男は、悪い感じのする男ではなかったが、倫子には花蓮がなぜ「ちょっと来てくれない」と言ったのかが分からなかった。その後で、「彼、どう思う？」と聞かれたわけでもなかったから。考えてみればあの時から、花蓮は倫子に「大丈夫」と言ってもらいたがっていたのだ。

花蓮は時々、とんでもなくネガティヴなことを口にする。「私達は底辺労働者」だとか、「私達は不幸な人達かもしれない」とか。「初恋の人に振られた」という話では、「やさしい彼があまり美しくない私を憐《あわ》れんで、〝君が嫌いなのではなく女そのものに関心がないのだ〟と言ってくれた」というとんでもない話になるが、花蓮のネガティヴは「私一人」ではない。必ずと言っていいほど、倫子も道連れにされて「私達」になってしまう。言われてみればそうではあるが、突然顔に似合わない極端な認識を口にする花蓮に、倫子は驚かされることが多い。なんでそうなのかはよく分からないが、花蓮は「お嬢様」なのだ。

だから、現実認識がずれている。「ずれているかもしれない」と当人が思っているから、極端な方向に足を突っ込んで、倫子をギョッとさせる。言うことに間違いはないが、でも「お嬢様」なので、「そうなんだけどさ――」という余分は残る。分かってはいるのだろうが、「お嬢様」なので、やっぱり最後のところで戸惑ってしまう。それで花蓮は、倫子に「大丈夫」と言ってもらいたいのだ。どうやら、そういうことらしい。

倫子は、「大丈夫だよ」と言った。その後に本当は「多分」を付け加えたかったのだが、それを言うとまたややこしくなりそうなのでやめた。

倫子に「大丈夫だよ」と言われた花蓮は、横の鴨志田の方を向いて、「うん」と頷いた。

鴨志田は花蓮の手を取って、「大丈夫、君を幸福にするよ」と言った。

倫子は、目の前の二人に対して「そこまでするか？」と思ったが、迂闊《うかつ》なことを口にして花蓮がまたややこしいことを言い出すのを恐れて、黙った。

黙って見ていれば、「結婚を成立させたカップル」は「結婚を成立させたカップル」で、「よかったね、おめでとう」としか言いようがない。お賽銭《さいせん》を上げて手を合わせて拝んでもいいくらいに「よかったね、おめでとう」なのだけれども、所詮、他人の結婚は他人の結婚なので、ご利益はない。

ご利益はないくせに、「よかったね、おめでとう」と言わせてしまうのは、花蓮の技なのか、人徳なのか、そもそも結婚というものがそういうものだからなのか――。

「よかったね、おめでとう」という倫子の気持は次の日一杯まで続いたが、三日目になると怪しくなって来た。花蓮に対する嫉妬や憎悪の念が湧いて来たからではなくて、改めて「それで私はどうするのよ？」という思いが湧いて来たからだった。

どうするのだろう？

二　人はなぜ結婚をするのだろう

話はまた振り出しに戻った。花蓮の結婚は決まったが、倫子の結婚は決まらない。それ以前に、結婚相手の候補になる男がいない。「結婚て、なんだ?」と考えたって、それで相手が出て来るわけではない。「どうすればいいんだ?」と考えて、話はまた振り出しに戻った。

遅番帰りで部屋に戻り、途中の駅前で買った弁当の蓋を開いて、食べる前に倫子は考えた——「どうして私には〝結婚〟がやって来ないのだろう?」

作動中の電気ケトルの赤ランプが、すぐに答を教えてくれた——「お前には相手がいないからだ」

認めにくいがその通りだ。そんなことくらいは分かっている。分かっているからこそ悔しい。

「悔しい!」と思って、倫子は手にした箸を弁当の白米に突き刺した。それだけでは収まらないので、シュンシュンと湯の沸く音をBGMにして立つと、部屋の机の抽《ひ》き出《だ》しからレポートパッドを取り出した。

「マーカーがないか？　マーカーは？」と机の抽き出しを探して、出て来たピンクのマーカーを手にして、弁当の置いてあるテーブルに戻った。

レポートパッドを開いて、その上にピンクのマーカーで「相手がいない！」と大きく書いた。書いた字を眺めて「ピンクじゃだめだ」と思って、改めて黒のマーカーを探した。

黒はない。紺かグリーンのマーカーしかない。「だから私はだめなんだ」と思いながら、倫子は仕方なしに紺のマーカーのキャップを取って、もう一度「相手がいない！」と書いた。

テーブルの上の白い紙に紺色の文字で大きく書かれた「相手がいない！」は、力強くきっぱりとしていて、見るだけで勇気が湧いて来そうだった。「私には、結婚する相手がいないから、結婚がやって来ないのだ」と、青椒肉絲《チンジャオロースー》弁当の青椒《ピーマン》をかじりながら思って、倫子はほっとした。それまで体の中でグズグズしていたものが吐き出されてそこにある――そのことが倫子を落ち着かせた。あるいはまた、開き直らせた。

「私が結婚出来ないのは、性格や容貌に欠陥があるわけではなく、その相手がいないからだ」ということがはっきりして、「だから相手を探さなければならない」ということになった。「このままだと一生どうとかなってしまうのではないか？」というところまで広がって行きかねない不安がぐっと狭められて、問題が整理されたような気がした。

気がしただけではなくて、実際に整理されたのだ。

「なんだ、結婚相手を探せばいいだけなのか」と思う倫子は、自分の書いた「相手がいない！」の文字を見て、弁当を食べた。なんだか、乗り越えられる問題のような気がして、食欲が湧いた。誰も見ていないのをいいことにして、ガツガツと弁当を掻き込んだ。ガツガツと掻き込みながら、「自分を鼓舞するためにも、太字のマーカーを買って来た方がいいのかもしれない」と思ったが、食べるものを食べたら、なんとなく落ち着いてしまった。

自分で淹れたお茶を飲んで、カーペットの上に引っくり返った。テレビにはなにか映っていたが、それを見ないで天井を見ていた。

「相手か、相手だよな――」と思った。

困ったことに、「相手か――」と思うと、どうしても白戸の顔が頭に浮かんでしまう。

白戸となら、今の時点で結婚しようと思って結婚することは出来る――エイミと白戸の離婚が成立すればの話だが。

白戸がどんな男かを、倫子はよく知っている。白戸と結婚してなにをどうしてやれば白戸が喜ぶかも、大体は分かると思う。やってやれないことはない――それをやる気があるかどうかは、また別の話だが。

今の白戸に他の女がいるとは考えられない。別れ際の「また会ってくれよ」は、「俺は寂しいんだからさ」の意思表明で、「女がよく分かんないんだ」は、「俺のこと、分かってくれよ」だろうと思う。倫子が「いいよ」と言ってしまえば、二人の仲は急速に接近して、結婚するかどうかは、エイミが離婚を承諾するかどうかになって来る。

「そこがちょっとやばいな」と思って、「白戸と結婚したい」と思うわけでもない倫子は、もう妄想の中に足を踏み入れている——。


「白戸の女は離婚を認めないだろう。そうしたら私は、結婚相手ではなくて、ただの不倫相手になってしまう。私が言ったみたいに探偵を雇わせるかどうかは分からないが、不倫がバレても、白戸は絶対に私のことを庇《かば》ってくれないだろう。それくらいは分かる。騒ぎになったら自分のことで一生懸命で、私のことなんか考えない。そういう男だもんな」と思って、「なんでそんなことまで分かるんだ?」と、自分で自分に腹が立った。

「結婚は愛情じゃない」と誰かが言っていた。「結婚で大切なのは、相手を理解することだ」と。「だったら私にとって、白戸は最適の結婚相手じゃないか」と、倫子は思う。

「別に愛してなんかいないけど、あいつのことはよく分かる。でも、あいつが私のことを分かっているかどうかは分からない。というか、あいつには私のことを分かろうという気なんかない——」と思って、ふと考えた。「あいつが家事能力ゼロの女と結婚したのは、それか――」と。

「なんでそういう女の人と結婚したの?」などと聞くまでもない。白戸には、女のことを分かろうという気などはないのだから。「婚姻は両性の合意のみによって成り立つ」なんてことが日本の法律には書いてあったはずだが、そんなことはない。女のことなんかなんにも分からない男が「しようぜ」と言えば、成り立ってしまう結婚だってある。白戸の結婚相手の女にそれは分からないだろうが、倫子には分かる。

「白戸の女は、それが分かっても我慢することが出来ない。出来るはずがない。でも、私はそれが出来る!」と思って、倫子の妄想は終わった。「私は別に、白戸と結婚したいわけでもないいんだよな」と思って。

点けっ放しのテレビの向こうでは、ニュースをやっていた。あらかたのニュースは終わって、天気予報になっていた。気象予報士の女がなにかを言っていたが、倫子には明日の天気のことよりも、「この女は自分と同じくらいの年頃なんだろうな」ということが気になった。別に、なにかを羨む理由はないが。

倫子は、自分の思考のチャンネルが少しずれているなと思って、寝っ転がったままテレビを見いる自分の頭を振ってみた。そして、またふっと思った。「白戸は、課長になったのだろうか?」と。

「結婚したら課長にしてやる」と部長に言われて、白戸は本当に課長になれたんだろうか? 「へんな女と結婚しただけで、課長になんかなれてないいんじゃないだろうか?」という気がした。

居酒屋での様子を思い出して、「課長にはなってないな」と、倫子は断定した。平社員の時でも、倫子を連れて行くのはもう少し気の利いた店だった。「課長にしてやる」と言われて結婚した白戸は、明らかに以前よりランク落ちをしていた。

「可哀想に」と思って、倫子は体を起こした。「片付けなきゃな」と思う弁当の残骸が残るテーブルの上には、「相手がいない!」と大書きされた紙が載っていた。

「現実に戻らなきゃ」と思って、倫子は「ふーっ」と息を吐いた。

倫子は、女が陥りがちな誤った結婚観に片足を突っ込んでいた。それは、「私なら彼が理解出来る。彼を支えられる」という過信である。

「結婚するのかどうか、結婚したいのかどうか」を別にして、女はうっかりと「私なら出来るんだけどな、ふふふ♡」という考え方をしてしまう。

人から「結婚というのは、男のために女が尽くすものだ」と言われれば、「バカじゃないの! なに言ってんの!」と反発するくせに、一人になればうっかりと、「私には出来るけどな♡」という考え方をしてしまう。

「結婚とは二人で作り上げるものだ」などと言われてコクンと頷きはしても、実際にはよく分からない。結婚をしてからなら二人で作り上げるしかないが、相手もなく一人で結婚を考えているとそんなことが出来にくい。漠然と既成の結婚生活らしきものを頭に思い浮かべて、そこに自分が入り込むことを考える。だから、「私には出来るけどな♡」になる。

女にとっての結婚は、多く「男と結婚する」ではなく、「自分の結婚と結婚する」だから、どうしてもそうなる。

女が望む結婚相手は、「自分になんでもさせてくれるようななにもしない男」か、「自分がなんにもしないですむ、なんでもしてくれる男」の両極端になってしまうが、倫子は後者を選ぶほど幼児性が強くはない。だからうっかりすると、白戸のような「なにもしない男」を結婚相手としてシミュレイトしてしまう。好きかどうかではなくて、その方がシミュレイトしやすいからだ。

だから倫子は、漆部のような「なんでもしてくれる男」が苦手で、高校時代の田島や白戸のような、根本のところでなにもしてくれない非情さを持ち合わせている男に馴染んでしまう。妻にあきれてうんざりした白戸が、自分でシャツのアイロン掛けをしていると聞いた時、思わず「えらーい」と言ってしまったのも、その根底には「あなたはなにもしなくていいはずなのに」という思いがあるからなのだ。

「白戸と結婚したい」という気がないのに、うっかりすると「白戸との結婚」を倫子がシミュレイトしてしまうのは、白戸が倫子の中にある古い結婚観を刺激するような男で、しかし、「倫子が結婚をシミュレイトするのに最適の相手」の白戸は、「結婚」なるものに向いてはいるかもしれないが、「倫子との結婚」には向いていない。その理由は簡単で、白戸に倫子のことを考える能力はない。

「そんな男と結婚してどうなるんだ？」ということは倫子にも分かるから、シミュレイションの扉をすぐに閉めてしまう。すぐに閉めて、しばらくすると「もしかしたら――」と、その扉をまた開けてしまう。「どうしてそんなことをするのだ？」と言っても仕方がない。倫子は、女なのだ。

女が女としての暇潰しをするのは仕方がない。しかし、そんなことをしていても、結婚相手は出て来ない。弁当の空容器をさっと洗ってリサイクルゴミとして出すために水を切って、改めて「さて――」と考えた。

テーブルの上には「相手がいない！」と書いた紙が置いてある。それを「バカらしい！」と思って破り捨てようという気はなかった。「これはこれとしてだ」と思って、倫子はそのレポートパッドを机の方に移した。さすがに、壁に貼ろうという気にはならなかった。隠蔽する気も誇示するつもりもない。「相手がいない」は、ただの事実なのだ。

その問題を、どうするのか？

倫子の頭には花蓮の顔が浮かんだ。

花蓮の結婚相手は、花蓮の高校時代の友達の友達で、花蓮は東京の出身だから、倫子の結婚相手になるような男は、花蓮の周りにまだいるはずだ。鴨志田がどこの出身かは聞き忘れたが、鴨志田の周りにだっているはずだ。花蓮とは相性が合わなくて花蓮にはチョイスされなかった——しかし倫子にはふさわしい相手だって、そこにはいるはずだ。「いるはず」は言い過ぎだろうが、そこに可能性はある。だから相手なら、花蓮に「誰か紹介して？」と言えばいいのだ。

花蓮にはもう決まった相手がいるのだから、それをしても「競合」にはならない。だから、「紹介して」と言えば倫子の展望は開ける——その可能性はある。それが一番手っ取り早い「第一歩」だとは思うのだが、さすがにそれは出来ない。それをすると、「哀れな敗者にお恵みを——」になってしまう。どうしても、そうなってしまう。

花蓮は「社内恋愛なんかいやだ」と言っていた女だ。その花蓮が選んだのだから、「花蓮の周りには、会社の男よりましな男がいるはずだし——」とは思うが、でもやっぱり、今の花蓮に「紹介して」とは言いづらい。女の面子《メンツ》にかかわる。花蓮の方から

「紹介してあげようか」と言って来たって、「大丈夫よ」と言いたい。その状況を頭に描いて、「うーん、プライドかァ、めんどくさいな」と倫子は思う。

「プライドね。プライドな——。プライドなんだよな——」と思って、「めんどくさいな」という気分にしかならない。まるで神社でおみくじを引く時に、細い竹の棒の入った筒をジャラジャラと揺すっているような気分になる。筒の中から出て来た竹の棒には、おみくじの番号ではなく、「プライド」と書かれている。

「私はなんで、社内の男がいやなんだろう?」と、倫子は考えた。

「入ったばかりならともかく、今更ピンと来ないものなァ」と思った。


会社の男は若い。付き合っていれば楽しい——そう思っている時期も、入社の当初にはあった。でも、そういう時期はとうに過ぎていた。

大学に入って、会社に入って、男と付き合っていれば楽しかった。一つの関係が終わっても、から簡単に付き合えて、男に対してそう文句もなかった。「楽しい」と思う「また次があるからいいや」と思えた。でも、そういう時期がいつの間にか終わっていた。気がついたら「次の相手」がなかなか現れない。そう思う時に、自分の中でもなにかが変わっていて、なんとも言いようのない不思議な空回りが起きていた。「卵子老化」の話にショックを受けて花蓮と話をして、「結婚するしかないよね」と言われた時、なにかが響いたのは、そのためだった。

「そうなのよ、そこなのよ」と言って、「卵子老化に怯《おび》える前にさっさと結婚してしまえばいい」と思った。そして、「すればいい」の門口で、「でも私には相手がいない」と思う倫子の頭は別の方へ行ってしまったが、「卵子老化」もへったくれもなくて、既に倫子は「それまで通り」であることに飽きていたのだ。

それを言えばロクなことを言われないから、自分でモノローグにすることさえも禁じていたが、倫子は「自分が若くはない」ということに気づいていた。うっかり言えば誤解を招くから言えないが、倫子は「若かった時の自分のしていたことをなぞる」のに飽きていた。倫子はそのように、もう若くなかった。

倫子が漆部に馴染めず結局彼を拒絶してしまったのは、倫子が言うように「恋愛が苦手」だからではない。漆部が演出する恋愛を「演じたい」と思うような若さを、彼女が持ち合わせていなかったからだ。

「自分はもう若くない」——そう思うことがよくないことだと思って、倫子は「若い女」の脳味噌のままで、社内の男を見ようとしていた。

社内の男は若い。付き合うのにはいいかもしれない。でも倫子は、もう若い女のするような「付き合う」が出来なくなって、したいとも思わなくなっていた。ただそれだけの話だが、「もう若くない」ということは女にとって一番認めにくい事柄なので、仕方がないと言えば仕方がない。

それで、相変わらず頭の中だけは「若い女」のままの倫子は、「私が会社の男を見下しているのは、私が身のほど知らずの自惚《うぬぼ》れ女だからかもしれない」と思った。

「会社には若い男がいる。若い男しかいない。社内結婚だって、する人間はしている。にもかかわらず私は、〝会社の男じゃやだ〟と思っている。とんでもない罰当たり女かもしれない」と倫子は思って、「明日会社に行って、もう一遍ちゃんと見てみよう」と思ったが、それで落ち着いたりはしなかった。「あーあ」と思って、酎ハイの缶が入っている冷蔵庫のドアを開けた。

果汁の入っている酎ハイは喉に心地よくて、「ふーっ」という爽快感を表す声を出した倫子は、相変わらず点けっ放しになっているテレビの画面を見て、「人ってなぜ結婚をするのだろう?」という大問題を頭に浮かべてしまった。テレビの画面はそんなことをなにも映してはいなかったが。

人はなぜ結婚をするのだろう?　様々な答はあるだろうが、誰にもその時の倫子を納得させるような答が出せない。

人はめんどくさくなると、時々どうしようもない大問題を持ち出して「なぜ?」と考えたりするが、その時の倫子もそれだった。

三　岩子さんの結婚

次の日は早番だった。目覚めて、弁当を作るのがしんどかったので、いつもより三十分余計に寝た。しかしそのだらだら気分が祟《たた》って遅れそうになったので、メイクを大雑把にすませてから冷蔵庫のヨーグルトを流し込んで部屋を出た。

出勤したオフィスは代わりばえのすることがないのはいつもと同じだが、「私は分不相応な欲張り女かもしれない」と思ってしまった前夜の経緯《いきさつ》があるので、倫子は分け隔てなく公平に見てみようと思って、オフィス内の男性社員をソフトフォーカスで見た。うっかりへんな目で見ているのがバレると「なにしてるの？」と言われるから、気づかれないように注意して見た。

自分のオフィスにいる男性社員の顔を、そんな風に注意して見たことはない。しかも、分け隔てがないよう、好き嫌いを抜きにして、一人一人を注意深く見る。朝礼が始まっても、いい機会だから、「ウチの男性社員はどういう男なんだ？」と思って、観察の目をゆるめなかった。

部長がなにかを言っている。「来週から夏休みツアー獲得月間になるから頑張りましょう」などと。「ああ、来週から揃いのグリーンのポロシャツを着るんだ」と倫子は思う。

倫子の会社では、最大の商戦期間である夏休みの前になると、全員が会社のシンボルカラーであるグリーンのポロシャツを着て、「いらっしゃいませ」とは言わずとも、会社挙げての「いらっしゃいませ態勢」を見せることになっている。「今年もまたその季節か——」と思って上の空になった倫子は、へんなことに気がついた。自分の会社の男性社員達の顔を見回していて、抵抗というものがないのだ。

「当たり前」というのは恐ろしい。それが「異常」ではあっても、「当たり前」になるとその「異常さ」に気がつかない。そんなことを遠回りで思って、倫子は自分の会社にブオトコ社員がいないことに気がついた。

「なんかへんだ」と思っていたけれども、なにがへんなのかよく分からないでいたことの正体が、やっと分かったような気がした。倫子のオフィスには、ブオトコの社員がいないのだ。

街を歩けば、いくらでも薄汚い男がいる。「関係ない」と思う倫子は、「どうするんだろう、こんなブオトコで」と容赦なく思うが、倫子のオフィスにはそういうどうしようもない男の社員がいない。イケメン揃いというわけではないが、ブオトコとしての存在を強く主張するような顔の男がいない。みんなこぎれいで、スーパーの野菜売場の棚に並んでいる人参《にんじん》のようにこざっぱりしている。

東京に出て来た当時、八百屋やスーパーで売っている人参が、果物のように美しく艶やかに光っているのを見てびっくりした記憶が倫子にはある。「東京の人参はすごい！」と思ったが、実家に帰って地元のスーパーに行ったら、そこの人参もピカピカだった。ピカピカの人参を見て、「人参は人参か――」と倫子は思ったが、朝礼で立っている男性社員の様子を見ていたら、それを思い出した。

オフィスにいる男性社員全員が若いわけではない。三十歳を過ぎた男だっている。でも、オッサンぽい男は一人もいない。全員がこざっぱりしたきれいな人参みたいだから、若く見える。

倫子は、自分のことを「旅行会社のＯＬ」とだけ思っていたが、やっていることは接客業務だ。女の自分が接客業務をしていることをさして不思議とは思わなかったが、同僚の男達も「接客業の男」なのだ。身ぎれいにしてこざっぱりしているのは、不思議ではない。腰が低くて人当たりがよくて、スーパーの人参のように見えるのは仕方がない。男がスーパーの人参なら、自分もまたビニール袋に入れられたスーパーの人参なのだ。決して、人参を買う客ではない。

衝撃がじんわりと伝わって来る。「自分は人参の品定めをする客ではなくて、人参の横に並べられている人参なのだ」――そう思うことは悲しい。悲しい衝撃はじんわりと伝わって来るが、悲しいことにただそれだけだ。

「傲慢な欲深女になる」ということは、スーパーの野菜売場にやって来て、「ここには人参しかないの？」と言う客になることだ。「それはいやだ。間違っている」と言うと、人参の横に並ぶ人参になるしかない。「傲慢な客になるか、人参になるか」というのは究極の二択だが、職業柄「傲慢な客」の姿を見慣れている倫子は、傲慢な客にはなりたくない。ただ「人参かァ――」とぼんやり呟く。

午前中に客がやって来て、「伊豆《いず》、温泉と海鮮バーベキューの日帰りバスツアー」を申し込んだ。「はい、分かりました」と言いながら、倫子は自分の母親くらいの年配の女性客に対して、「自分で勝手に行きゃいいのに――」と思った。

その日は土曜日だった。まだ忙しい時期ではないが、午後になったら客は途切れずにやって来る。「朝食抜きはつらいから、早めにお昼食べとこう」と思う倫子は、十一時になるのを見て、地下の食品売場へ降りて行った。

ＢＬＴサンドイッチと野菜ジュースを買って休憩室に入ると、長方形のテーブルが並べられてガランとした中に「岩子さん」がいた。

女性社員のほとんどが三十を過ぎたらいなくなってしまう会社で、三十を過ぎた岩子さんは頑張っている。社員全員が「人参」の中で、色の白い岩子さんは、パック詰めの千枚漬けか茶色いポチポチのあるトロロ芋のような存在で、もちろん「美人」ではない。しかし、接客の男性社員に「きれいな人参」を揃えている会社は、女性社員も同じ程度の「人参」だから、倫子も大手を振って歩けるし、岩子さんも特別に萎縮なんかはしていない。

社内に岩子さんの友達はいない。結婚はしているはずだが、岩子さんの周りから幸福な雰囲気は漂って来ない。余分なことはせず、やるだけのことをやったらさっさと帰って行く。誰も岩子さんの旦那の顔を見たことはない。「どういう人なんだろう?」と、岩子さんの夫の噂《うわさ》をすることもある。「特殊な趣味の人なんじゃない?」と言われると、網タイツを穿いた岩子さんが鞭《むち》を振るっているようでこわくなる――なんとなく、似合うような気もするからだ。

細い体の岩子さんは、白い額に静脈を浮かせて、顧客獲得に頑張っている。ともかく頑張っていて、独身組の女子は「なんであんなに頑張ってるの?」と思う。噂では、「家を買うために頑張っているらしい」ということになっている。「結婚したら、家を買うために旦那と一緒に必死になって働くのか」とは思うが、まだ結婚をしていない倫子には、その辺りのことがよく分からない。「好きでしんどい人生を選んでいるのかなァ」くらいのことしか思えない。

その岩子さんが、休憩室のテーブルで、一人早めの昼食を摂っていた。

岩子さんは、無駄なことをしない。「ヨーグルトだけじゃもたない」と思って職場を抜け出した倫子とは違って、岩子さんは午後の接客を万全にするために、一人早めの昼食を摂っている。「サンドイッチを買う」などという無駄な出費をする倫子とは違って、同じサンドイッチでも、ピンクのプラスチックの密封容器に詰めたものを家から持って来て食べている。飲み物だって、ちゃんと持参のポットに入れている。

休憩室には、六人掛けのテーブルが四つ、二列に並んでいる。岩子さんは、ロッカールームのドアに近い奥のテーブルに座っていて、入って来た倫子の様子をチラッと見た。「岩子さんがいるよ」と思って、倫子は少し迷った。

他のスタッフなら、「あ、いたの」と思って目礼して、適当なところに座ればいい。相手も「いるよ」で通してくれる。でも、チラッと見る岩子さんは、チラッと見るだけでなんとも反応してくれない。

「しまったな」と思う倫子は、入口そばのテーブルの椅子を引きかけて考えた。それだと、遠くのテーブルの岩子さんと向かい合わせになってしまう。倫子はテーブルの端を回って、反対側の椅子を引いた。引きかけて、「岩子さんと二人きりの部屋で、岩子さんに背中を向けるってどうなんだろう？」と考えた。

「まるで〝私はあなたが嫌いです〟と言ってるみたいじゃないか」と思って、くるりと体の向きを変えた。岩子さんを特別視していなければ焦る必要もないのだが、特別視しているから困ったことになる。

サンドイッチと野菜ジュースの入っているビニール袋を持った倫子は、覚悟を決めて、岩子さんのいるテーブルの席の向かい側の椅子に手を掛けた。「いいかしら？」と言って、岩子さんの斜め向かいの椅子に腰を下ろした。

優雅にサンドイッチを頰張っていた岩子さんは、黙って頷いて、体を少しだけずらした。倫子は真っ直ぐに前を向いてうつむき、岩子さんは倫子と視線がぶつからないように、十五度ほど体を左に向けている。

「しなきゃよかった」と、倫子は思う。

とても気まずい。サンドイッチを取り出すのにビニール袋をがさつかせるのでさえビクビクする。「岩子さんがこっちを見てたらどうしよう？」と思って、上目遣いで斜め前を見る。体の向きを変えた岩子さんは黙って、優雅にサンドイッチを食べている。

いささか冷静になって、「私はなんでこんなところにいるんだ？」と、倫子は思う。

「いい子ぶらずに、一人で岩子さんを無視してサンドイッチを食べてりゃよかった」と思う。そうすれば、「目の前の岩子さんから〝どうしたの？〟って聞かれたらどうしよう？」などと怯えずにすむ。「一体なんだって私は、こんなところで肩身を狭くしてサンドイッチを食べなきゃいけないんだろう？」と思って、改めて「なぜ？」と思う。

「私は岩子さんになんか話があるんだろうか？　もしかしたら岩子さんは、なにか話があって私がここに来たのかと思うかもしれない」と考えて、うっかり顔を上げてしまった。「このままじゃ気まずいな」と思って顔を上げた瞬間、「岩子さんになら聞けることがある——」と思った。

「あの、いいですか？」と、倫子は「岩子さんの名前は〃岩子〃じゃない。〃岩田〃だ」と心に念じながら言った。

「岩田さん、結婚してますよね？　私、結婚したいんです。どうしたら出来ますか？」

「自分は結婚したいのに結婚出来ない女なんだ」なんていうことは、考えてみれば岩子さん以外の誰にも聞けない。会社の中で、プライベートなことで頭を下げても卑屈になる必要がないのは、岩子さんだけだ。

ホームメイドのサンドイッチの切れ端を手にした岩子さんは背筋を伸ばし、雪の女王のような冷たい顔をそのままにして、「私、結婚なんかしてないわよ」と言った。

倫子は、声に出さずに「え？」と言った。

冷静な岩子さんは表情を変えず、「亭主のＤＶがひどいから、離婚したの。私、シングルマザーよ」と言った。

またしても倫子は声に出さずに「え？」と言って、それからこわごわ、「子供がいるんですか？」と言った。

「いるわよ」

「いくつなんですか？」

「七つと四つ」

「二人もいるんですか？」という問いに、岩子さんはサンドイッチの切れ端を口に入れてから、「そう」と答えた。

聞いていた話と全然違う。

「じゃ、大変じゃないですか」と、倫子はうろたえながら言った。

岩子さんの答は、ただ「大変よ」だけだった。

厳かな顔で「大変よ」とだけ言った岩子さんは、密封容器の蓋を閉め、テーブルの上のこれまたピンクの持参のポットの蓋を開けると、中のものを注いで飲み始めた。なんだか分からないが、茶色の液体だから「お茶」の類《たぐい》だろう。鳩麦茶《はとむぎちゃ》かもしれない。

持参の飲料で口を潤した岩子さんは、「結婚はしてないけど、シングルマザーだから、結婚はしてたのね」と言った。

なぜか倫子は「はい」と言った。

「あなたがどうすれば結婚が出来るのかって聞くから言うけど、結婚て、まず若い時に愛されるのね。それで妊娠すると、気の弱い男は〝結婚しよう〟って言うのね——」

なんだか、こわい話になって来た。

「気の弱い男は、妊娠した女より、妊娠する前の女の方が好きなのね」と、厳かな顔をしたままの岩子さんは斜めを向いて、口許に笑みを宿しながら話を続ける。

「でも、気の弱い男はそんなことに気がつかないから、すぐにまた愛する女を妊娠させるのね。自分でやっておいて、その結果が気に入らないから、気の弱い男はだだをこね始めるのね。そうして、結婚生活は終わるの。私の知る結婚生活はそれだけだから、あなたのお役に立つかどうかは分からないけど、結婚をしたかったら、若い内に男に愛されることね」

そう言って岩子さんは、ピンクのポットの蓋を閉めた。「もう時間だから行くわ」と言って、ピンクのポットと密封容器を持ってロッカールームの方へ行った。そして、ぼんやり前を向いているしかない倫子の目の前を通って、オフィスの方へ戻って行った。

呆然《ぼうぜん》とした倫子は、「大人だ――」と思った。それ以外に言うべき言葉がない。

四　結婚をする女、結婚をしてない女

岩子さんは三年前、町田《まちだ》の営業所から転勤でやって来た。だから、「三十を過ぎている」と言われても、岩子さんが三十一なのか二なのか三なのかは分からない。でも、七

つと四つの子供がいる。

「結婚したのが〝若い時〟で、〝出来ちゃった婚〟らしいから、もしかしたら学生結婚とかで、岩子さんは今、三十とか三十一くらいなのかな?」と、倫子は思う。

「下の子が〝四つ〟とかってことは、もしかして、こっちに転勤になった頃に離婚したの? 今が三十一だとすると、私の年で四つと一つの子供がいたってこと? それで離婚したの?」と思うと、「大人だな」を通り越して、「もう〝人生〟じゃないか」になって、なにも言えなくなる。誰もいなくなった休憩室の椅子に座って、食べかけのサンドイッチを手にしたまま、呆然としている。

「普通の人間にとって、〝人生〟って関係ないものじゃないの?」と思って、そのまま判断停止に陥っている。

どう考えても、普通の人間にとって「人生」というものは、あまり関係のないものだ。倫子は、帝劇で観た『レ・ミゼラブル』の舞台を思い出した。

暗い中で、大勢の不幸な人達が声を合わせて歌っていた。「人生って、ああいうものなんだな」と、思い返して倫子は思う。自分もそこにいたからえらそうなことは言えないが、どうしてOLはああいうものが好きなんだろう? 感動して劇場を出た後では、「お腹空かない?」と言うくせに。「人生」は舞台の上にあって、客席にまで下りて来ない。

岩子さんだって、幼い子供を抱いて「私は強く生きるわ！」と歌う不幸な民衆の一人なのかもしれないが、岩子さんは歌わない。ただ冷静に、「時間だから行くわ」と言って去って行く。

倫子の腰は重くなって、椅子から離れない。腰から下の感覚がなくなったみたいでこわくなって、座ったまま足先を動かした。足は動いたが、腰はやっぱり上がらない。

手に持ったライ麦パンのサンドイッチは、歯型のついたところが乾いている。中から顔を覗かせているトマトの赤が、一時停止になってしまった時間を動かすスイッチのようで、ただ黙ったままサンドイッチを持っていても仕方がないと思う倫子は、まだ乾いていないパンの上に歯型をつけた。そして「ああ、することがあってよかった」と思った。

しんどいのは、「ねェねェ、聞いて」と誰かに言う気にならないことだ。岩子さんは「誰にも言わないでね」とは言わなかったが、「言わないでね」と言われても、あまり人に言う気にはなれない。

話そのものは、もしかしたら「よくある話」かもしれない。DVで離婚して、シングルマザーになっている。子供が一人ではなくて二人というところがすごいのかもしれないが、一番すごいのは、それをやっているのが岩子さんだということだ。いかなるドラマとも無縁そうな顔をして、かなりなことを黙ってやっている。倫子は「人生の尊厳」

という、ゴーンと鳴る吊り鐘のように重い言葉を、久し振りに思い出した。

「いつ結婚したの？」「いつ離婚したの？」「DVって、ちゃんと別れられたの？」「子供二人って、どうやって育ててるの？」「どんな男なの？　養育費って出てるの？」という疑問を撥ねのけて、「時間だから行くわ」で厳かに去って行った岩子さんのことを、「ねェ、ねェ、聞いて——」で口にしたら、それを言う倫子の人格が疑われる。だからといって言わないわけではないけれど——。

二日後、帰り仕度の倫子は、「いい？」と言う花蓮に食事に誘われた。

「いいわよ」と言うと花蓮は、「昨日、日曜だったでしょ？　鴨志田くん、家に来たの」と言った。

「それで休んだの？」と言うと、花蓮は「そう」と言った。

「どうだったの？」と言うと、「後で言うわ」と言って、花蓮は倫子をうながした。

「どうだったのよ？」とまた言うと、「後で言う」を繰り返す。「なんか問題あったの？」と言うと、嬉しそうな顔をして黙っている。

オフィスの入っているビルを出て「どうだったのよ？」と聞くと、「なんでもなかったわ」と花蓮は言った。

「なんでもないって？」

「〝あ、そうですか〟って、パパもママもそれだけ。こないだまでは、なんだかうるさそうなことを言ってたのに――」

「そうなの？」

「そうよ。で、なに食べる？　またパスタ？」

「いいよ」とは言ったが、倫子はあまり乗り気ではない。別に他人の不幸を望むわけではないが、「幸福なら幸福でいいじゃないか」という気分にはなる。

そんなことに頓着のない花蓮は、「それよりさ、中華行かない？　ちょっと歩くんだけどさ、この前、鴨志田くんが連れてってくれたの。おいしいよ。安いしさ」と言った。

「はい、はい、はい、分かりました」と言うつもりで、倫子は「いいよ」と言った。言ってからその後で、「岩子さんて子供いたの、知ってた？」と言った。

それに振り返った花蓮の反応は、「あ、そうなの？」だった。

軽い反応を返されると、深刻になりようがない。

「DVで離婚してシングルマザーなんだって」

「そうなんだ」

「うん。子供が二人いるんだって」

花蓮には一向に響かない。「なんでそんなこと知ったの？」と、倫子に言った。

「土曜日にさ、私早めにランチ摂ったの。朝ヨーグルト一つだったから。それで休憩室に入ったら、岩子さんがいたの」

「二人きりなの？」

「そう。で、私しょうがないから、岩子さんと同じテーブルに座ったの」

「根性あるね」

「だって、わざわざ離れたところに座って知らん顔するのもさ、なんかつらいじゃない。岩子さんが相手だとさ」と言う倫子に、花蓮は「そうだけどさ」と言ったが、本音は「でも私はやんないけどね」だった。

「一緒に座ってと言うか、向かい合わせに座ってさ、なんか困るじゃない？　黙っても」

花蓮は倫子の顔を見て、「よくやるね」と言った。「余分なことに関わる理由なんかないじゃない」というのが、花蓮の信条でもある。

「うん。そうなんだけどさ」と言って、倫子は、岩子さんに口を開かせるきっかけとなった話をした。

「私、岩子さんに〝岩田さん、結婚してますよね？〟って言ったの」

「なんで？」

「だって、岩子さん結婚してて、私結婚してないんだもの。どうして結婚出来るか知りたいじゃない」

坂の多い若者の街の坂を歩きながら、花蓮は「どうして？」と言った。びっくりして目を剝《む》いている。

「どうしてって言われたって、私、聞いたんだもの、仕方ないじゃない。そうしたら、〝私、結婚してないわよ〟って岩子さんが言って――」

花蓮の興味の中心は、明らかに「シングルマザーの岩子さん」にではなく、「岩子さんに〝どうしたら結婚出来るか〟を聞きたがった倫子」の方にある。

倫子の方に向いた花蓮の顔は、「どうして？」と言いたそうになって停止している。

「なんで岩子さんなんかに聞いたのよ？」と言ってしまえば、その後は厄介なことになる。その後に続く言葉は、「岩子さんなんかに聞かないで――」になってしまう。しかし、岩子さんに聞かないで、誰に聞くのか？

「私に聞けばいいでしょ」とは言えない。第一、どうして自分が結婚出来たのかが、よく分からない。結婚へ至るために、自分はどれほどの努力をしたのかということになると、ただ「？《はてな》」で、「彼がいい人だったから」にしかならない。いくら花蓮でも、そんなことを言ったら倫子からぶっ飛ばされるに決まっている――ということくらいは知っている。

「私に聞けばいいでしょ」を抜きにしてしまえば、口から出る言葉は、「倫子さん、そんなに結婚したいの？」になってしまう。

岩子さんと二人きりでいる重圧に堪えられなくなって、「岩田さん、結婚してますよね」と倫子が言ったという経緯など、花蓮は知らない。だからその理解は、「岩子さんにそんなこと聞くなんて、あなた、そんなに結婚したいの？」になってしまう。

幸福の絶頂かどうかは分からないが、今の花蓮が「ウキウキの絶頂」にあることだけは確かで、その花蓮が倫子に「あなた、そんなに結婚したいの？」と言うことは、結婚して大富豪夫人になった花蓮が、落ちぶれて道端で物乞いをしているかつての同僚倫子に会って、「あなた、そんなにお金に困ってるの？」と言うのに等しい。とてもじゃないが言えやしない。言えやしないがでもやっぱり、「あなた、そんなに結婚したいの？」という驚きだけは残っている。

「やっぱり、〝祝福して〟だけじゃいけないんだわ」と、花蓮の中に眠っているネガティヴ回路が作動して、倫子の中に「見てはいけないもの」を見てしまう。

困ったのは倫子の方も同様で、「岩子さんのこと」を話そうとしただけなのに、話は違う方向に行ってしまった。

「私は結婚をしたくないわけではない。確かにしたい。でもそれは、よりによって岩子さんに相談しなければならないほど切迫したものではない」と弁明したい。しかし、「本当にそうか？」と言われるとそれも怪しい。「知らん顔して黙るしかないな」と思った倫子は、自分の言ったことを否定もせずに、道行く人の姿を見た。「今日は月曜だから人が多いわね」と言って言えない状況ではなかったが、さすがに白々しくてそんなことは言えなかった。

五　え？　人生を考えなきゃいけないの？

自分のドラマを持つ人間は、他人のドラマに関心を示さない。自分のドラマを持たない人間が、他人のドラマに聞き耳を立てる。そう言われて「なんのこと？」と思い、言われたことを呑み込んでしばらくしてから腹を立てる――「そんなこと分かっている」と。

自分のドラマを探さなければいけない――それは分かっているが、どうすればそれを探せるのかが分からない。

それは、自分で見つけなければいけないものなのだろうが、果たして自分で見つけられるものなのだろうか？

倫子は「上から目線の傲慢な女」にならないように、今更だが社内の男性社員と気さくな口をきくようにした。それまでだって別にツンケンしていたわけではないが、退社時間に男性社員と女性社員が一緒になってワイワイやっているのを見ると、首を突っ込んで、「なァに？　私も行こうかな」などと言ったりするようになった。「お局様って言われてるんだろうな」と、歴然と若く見えるようになった周りの女子社員の顔を見ながら考えはしたが、「そういうことを考えてなんの意味がある！」と、ネガティヴなものをシャットアウトした。

「どうしたのこの頃？」と、花蓮は怪訝《けげん》な目を向けて来たが、「どうもしないよ」とごまかして、自分の中からオフィスの男性社員を排除しないように気をつけた。が、しかしその結果はなんでもなかった。別に見下しているつもりもないのだが、結局のところ「ピンと来ない」なのだ。

その顔を見て、話をして、でも「この人と結婚したい」という気にはならない。「この人と結婚したらどうなるのだろう？」という気も起こらない。目新しいことはなにもなくて、どれもこれも「既知」なのだ。これで倫子が若いか、あるいは「結婚」などということを考えていなければどうなっていたかは分からないが――「ちょっといいな」と思う新入社員がいなかったわけではないが、しかしその彼と「結婚したい」とは思わなかった。

「ちょっといいな」と思うのと、「結婚したい」と思うのでは、なにかが違う。違うことは分かるのだが、なにがどう違うのかは分からない。おそらく、チェック項目が違うのだが、「一体、自分はどういうチェック項目に従って〝ちょっといいな〟と〝結婚したい〟を分けているのだろうか？」と考えて、分からない。最早「社内の男にピンと来ないのは、私の傲慢さによるものだろうか」というような自虐史観を採用するつもりはないが、倫子が社内の男にピンと来ないことだけは変わらない。オフィスで「全員着用」の時期になってしまったグリーンのポロシャツを着て、「どうして私は我が社の男性社員にピンと来ないのだろうか？」と思うしかない。

応対カウンターに座っていても、「あなたのような方を息子の嫁にしたいのだけどいかが？」と言うような、親切な老婦人はやって来ない。「これは、あなたがお忘れになったものですね？」などと言って、クッションの上に載せた靴の片方を持ったおじいさんがやって来ることだって、もちろんない。

オフィスの入っているビルの前の日差しは強くなったが、梅雨のやって来そうな気配はない。まだ早いけれど、「このまま夏かもしれない」という予感はあって、会社はもう「夏休み！　頑張りましょう月間」になってしまっているから、手隙の人間は総動員で外に出て、道行く人に格安ツアーのチラシの入った袋を配る。「お局様」も外に立たされる。

既に倫子は、「もうお局様なんだろうな」と認めてしまっていて、「それはいいけど、配るんならもっと違うものを配りたい」と思っている。それは、倫子自身のプロフィールで、「古屋倫子　28歳　身長167　体重56　明るく大らかな性格！　ただいま結婚相手募集中！」とプリントされたチラシだ。試みにそういうものを、自分のパソコンで作ってしまった。「体重56」はもうちょっと削りたいなと思うが、嘘をついても仕方がない。削りたいなら「28歳」のところで、文字にしてみると「28」は重すぎる。「しかし、そこに写真が入ればそんなひどいことにはならないだろう」と、画面を確認して思う。そういうものを、「よろしくお願いします」と言って、道行く人に渡したい。「それ以上に、渡すにふさわしいものがあるのだろうか？」と、倫子は思う。

道を行く人の数は多い。多くの人が、男が、倫子のそばを通り過ぎて行って、「道行く人とコンタクトを取れ」と言われてそこに立っているはずの倫子とは無関係のままだというのは、不条理に近い。

女は別として、チラシの入った袋を渡される男は、渡す女の顔をチラリと確認する。そこに「心の交流を成り立たせたい」という願望はあるのだから、その相手に「ここに結婚相手を探している女はいますよ」と教えることは、決して間違ったことではない。見ず知らずの相手に「夏の知床《しれとこ》二日間」とか「サイパン二万八千円」とか書いてあるチラシを渡してどうなるのだろう？　渡されて、どうなるのだろう？　会社的には意味のある行為だろうが、倫子にとってはなんの意味もない。

道を行く人にチラシの入った袋を差し出してなかなか受け取ってもらえない倫子は、「やっぱり、受け取る方だって、あまり意味のないものが入っていることは知っているはずだしな」と思う。「そんなのだったら、やっぱり私のプロフィールが入ってる方がいいだろうな。明るく大らかな性格の娘がこうして結婚相手が現れるのを待っているということを知ったら、きっとこの袋をもらって行きたいと思う男は増えるはずだ」とは思うのだが、日の当たる道路で倫子がそんなことを考えてしまうのは、おそらく、初夏の日差しの眩《まぶ》しさのせいだ。

倫子は、自分が結婚相手と巡り会えない理由を、「結婚相手を探している」ということが他人に理解されていないからではないかと思っている。花蓮だって、「古屋さんには今のところ結婚相手がいない」ということは知っていても、果たして倫子が結婚したがっていることを理解しているのかどうかは分からない。少なくとも倫子は、「倫子さん、そんなに結婚したいの？」と言いたそうな顔をして目を剝いていた花蓮のことは知っている。

たった一人、よりによって岩子さんにだけ「どうしたら結婚出来ますか？」などと言ってしまったのも、「岩子さんなら人には言わないだろう」という気があってのことだった。

人に知られなければ、「結婚相手を探す」ということへの協力は得られない。相手探しの困難は深まるはずだが、しかし「結婚相手を探す」ということは、「誰にも知られないように自分のアピールをする」という矛盾の上に立っているものでもあるらしい。

「うーん、まァいいや。この際、女は関係ない」と倫子は思う。「重要なのは、私が〝結婚したいと思っている女〟だということを、男達にアピールすることだ」と思うのだが、しかしその倫子は、自分のアピールが男に届いた結果、「結婚したいとは思わないような相手」から「私と結婚しましょう」という申し出が来たらどうするのかということを、考えていない。

倫子は結婚に関するアマチュアなので、いろいろなことが分かっていない。「分かっていない」ということにさえ気がついてはいない。だから、「どうして結婚が出来ないんだ？　そうか、相手がいないからだ」という初歩的以前のことに気がついただけで、「そうだったのか！　分かった！」と興奮してしまう。「相手がいない」ということに気づけば、「相手を見つけなければ——。どうすれば相手が見つかるんだ？」という方向に走ってしまう。

どうしてそんな風に短絡的になってしまうのかということは、倫子が「結婚に関するアマチュア」であることと大きくからんでいる。倫子は、「結婚」というものを「しようと思えば誰でも簡単に出来るもの」と考えているのだ。

そう考える倫子は、変わった女でも特別な女でもない。倫子の生きる現代社会が、「結婚なんかしなくても生きて行ける」ということを実現させてしまって、結婚の値打ちが下がってしまったから、「しようと思えば誰でも簡単に出来るんでしょ？」という考えが広まってしまった。

「しようと思えば簡単に出来るはずのもの」だから、「結婚」というものを我が身に引き寄せてあれこれ考える必要がなくなった。そのおかげで「結婚」というものが我が身に備わらなくなって、倫子と同じような「結婚に関するアマチュア」が増えてしまう。

実際的な現代人は「結婚」のことをあれこれと考えない。その結果、「結婚」というものが妄想的な方向に傾いて、実際的とは懸け離れた「愛に満ちた美しいもの」になってしまう。

料理なんか出来なくても、近くにコンビニがあれば、食べることに不自由はしない。「それじゃ栄養が偏る」と心配する人間もいて、そのためにコンビニでは各種栄養補給のサプリメントを売っている。それだけのことで、現代人はもう「結婚なんかしなくても生きて行ける」を実現出来る。

「結婚」に対する必要度が低下してしまったので、結婚というものが「しようと思えば誰でも出来る」と思えるようなものになってしまった。だから、結婚というものが、岩子さんの言うような「まず若い時に愛されて——」というようなものになってしまう。するのは簡単だが、しかしその結果、「二人の子供を抱えるシングルマザー」というものも簡単に生まれてしまう。

若い時に愛されて愛し合ってしまうと、「結婚とはどういうものか？」を考えずに結婚が出来てしまう。それでいいのかどうかは別にして、結婚というのは中華料理と同じで、強い火力でサッと仕上げなければ簡単に出来上がらないものらしい。そういうものだから、「サッと」の機会を逸してしまうと面倒なことになる。なにしろ、基本ベースが「結婚をしなくても生きて行ける」になっているから、そこで「結婚」を考えると、「なんで私はわざわざ結婚をしようと思うのだろうか?」というところから始めなければならない。

そんなことを考えたって結婚が出来るわけでもないので、そんな哲学的な疑問はすっ飛ばしてしまってもかまわないが、「結婚をしなくてもかまわない」になってしまった現代には、「ありきたりの結婚」というものが存在しない——少なくとも、自分の頭で「結婚」を考えざるをえなくなった人間に、「ありきたりの結婚」は存在しない。「自分は、どういう相手とどういう結婚をしたいのか?」を考えなければならない。

世に「ありきたりの結婚」が存在していれば、「誰でもいいからさっさと結婚しろ」になって結婚出来る。それが「不本意」だと気づくのは後になってのことで、その「不本意」を修復するための行為が様々に行われ、そこから「結婚とはカクカクシカジカなるもの」という箴言《しんげん》も数多く生まれる。

しかしもう、「ありきたりの結婚」というフォーマットはない。「結婚をしなくても生きて行ける」が実現された社会では、各人各様の個性が野放しにされるから、「ありきたりの結婚」へ行き着けない。「結婚して不本意が現れる」ではなくて、「結婚する前に不本意が現れる」になってしまう。

　結婚した後の「不本意」なら、修復も可能になる。しかし、結婚前の「不本意」は、結婚自体を成立させない。であるにもかかわらず、現代ではその「不本意」を浮上させがちな、「どんな人と結婚したいのか？」を、まず考えさせられる。「ありきたりの結婚」が存在しなくなった現在では、「結婚」をオーダーメイドで考えなければならない。だから、まず「どんなお相手をお望みですか？」になってしまう。

　倫子は、「婚活」なるものの扉を開けようとして、ようやくそのことに気がついた。「どういう相手と結婚したいのか？」と考えて、倫子にはその答の持ち合わせがなかった。

「誰と結婚したくないか」は分かる。顔を見ただけで「あれは無理だ」と分かる男はいる。白戸や漆部のように、ある程度の時間がかかって「無理だ」が判明する男もいる。どういう基準でジャッジしているのか自分でも不明だが、「これはだめだな」と分かるものは分かる――にもかかわらず、「どんな男ならいいのか？」ということは分からない。

「相手は年上がいいか、年下がいいか、同年代がいいか、それとも年齢にはこだわらないか」ということを考えても、「年齢にこだわらなきゃいけない理由が分からない」と思って、「どうでもいい」ということにしてしまう。もしも七十のジーさんが現れても、それを見て「結婚相手にしてもいいか」という気持が発動してしまえばＯＫだろう。だからといって、「七十のジーさんと結婚したい」という気持はない。

「結婚したい」という思いはあるが、「どんな相手と結婚したいのか」というイメージがさっぱり湧かない。倫子にはその理由が分からないが、結婚相手に対する具体的――あるいはぼんやりしたイメージが湧かないのは、「自分はどのような結婚生活を送りたいのか」という、「その先の人生」に対する倫子のイメージが欠落しているからだ。

「どういう結婚をしたいの？」ならまだいいが、「どういう人生を生きたいの？」と問われたなら、「え？」と言って、そのまま倫子は絶句してしまう。「意識の低いバカ」だからではなくて、「結婚」と「自分の人生」を一つにして考えることがないから、判断停止で絶句してしまう。なにしろ倫子は、「結婚なんかしなくても生きて行ける」という社会に育ってしまった女なのだ。

「ありきたりの結婚」というものは存在しなくなったが、しかしそれはまだ人の妄想の中に残っている。だから、「どんな人と結婚したいのか？」という問いの答が、「どんな結婚生活を送りたいのか？」ということの答と連動している――その二つが重なるかどうかも分からないのに。

「どんな結婚生活を送りたいか」を、一人で考えてもしょうがない。それは、結婚する相手と二人で考えるか、結婚をしながら答を出して行くものだ。しかし、現代では「どんな相手と結婚したいか」が、そのまま「どんな結婚生活を送りたいか」ということとイコールになって、「一人の頭の中でシミュレイト出来るもの」になってしまっている。人の頭の中には、それぞれ勝手な「ありきたりの自分の結婚像」というものがあって、それに相手を充てはめることが「結婚を考えること」だと思われている。

今や、結婚を考える人にとって、「自分の人生」というものは既に確立して、確固と定まったものになっている。妥協なんかはしたくない。「結婚」というものは、その確固とした人生に接続する枝分かれのした選択肢の一つのようなものになっているから、「結婚」と「人生」を重ね合わせて考える習慣が生まれない。そんな考え方は、結婚式でスピーチをするオヤジの口からしか生まれない。しかし、「ありきたりの結婚」というものがなくなってしまった現代で「結婚を考える」ということは、「そのことによって出現する、自分の新しい人生のステージを考える」ということで、「人生を考えること」であり、「人生を考え直すこと」なのだ。

だから、「どう生きるのか」がはっきりしない限り、相手の顔は見えて来ない。「自分の責任で自分の人生を考えて、そのことが相手の人生を考えることになる」という複雑なものが現代の結婚で、「結婚なんかしなくても生きて行ける」という現代に生きて、そのことによって「結婚に関するアマチュア」になった倫子に分かるレベルのことではない。

そのことに気づいたら倫子は、「え？　人生なんか考えなきゃいけないの？」と言っただろう。「結婚に関するアマチュア」になってしまった倫子には、「結婚を考えること」と「自分の人生を考えること」がイコールになっているのだということが、まだ呑み込めなかったのだ。

六　婚活への扉を開く

倫子は、自分の人生を自分で確固とさせてなんかいない。知らない内に、「どうやらこういうものらしい」となんとなく確固とさせられていて、「でもこれでいいの？」と思いながら揺れている。

倫子が旅行会社へ就職したのは、「旅行が好きだから」ではない。旅行が嫌いだというわけではないが、彼女が旅行会社の社員になったのは、「就職難」という社会的シャッフルにかけられた結果だ。第一志望ではない。引いた何枚ものカードが「はずれ」で、たった一枚の「当たり」が旅行会社だった。真面目な倫子は、「旅行は嫌いじゃないしな」と納得して、旅行会社の社員になった。

もちろん倫子の中には、「与えられた役割は果たす」という、最低限の社会的責任は埋め込まれている。しかしだからと言って、「自分の存在は社会の役に立っているのだろうか？」と考えてしまうと、「社会的責任」の方も怪しくなってしまう。倫子が会社に貢献するような働き方をしているのは確かだが、会社がそんな倫子のためにちゃんと報ってくれているのかと思うと、怪しくなる。「そもそも、ウチの会社って必要なの？」と考えると、「それはあんまり考えない方がいいな」というところへ行ってしまう。

会社が倫子達にちゃんと報ってくれているのかどうかというと、「多分」ではなく確実に、報ってくれてはいない。兄嫁の絵里は「有給休暇が年に五日は労働基準法違反よ」と言うし、社員のあらかたは三十前に転職してしまう。二十八歳になった倫子は「卵子老化」なる事実に出会って「こわいじゃない」と言うが、その以前に「このままこの会社にいてもいいのだろうか？」という不安もぼんやりと姿を現していた。

三十歳前の社員達を集めて成り立っている倫子の会社は「青春の会社」かもしれないが、そんなことは会社案内のどこにも書かれていない。「青春」が終わるとどうなるのだろう？　それもどこにも書かれてはいない。「青春は終わらない。いつまでも青春だ」と言って、どれだけの人が「そうだ」と言うかは分からない。「青春」の後には

「人生」しかない——言われてみればそうだが、いきなり「人生」にやって来られても困る。困るがしかし、来るものはジワジワとやって来てしまう。

気がついたら、猛暑の夏になっていた。天気予報は「暑くなる」と言っていたが、人生と同じで、やって来なければ、猛暑だって実感は出来ない。実感出来た時にはもうアウトで、「熱中症の危険があるから、チラシ配布には気をつけて」になる。「しなくてよろしい」にはならない。「来る」と言われて知らない内にやって来た暑さは、「千年に一度の猛暑」と言われるものだった。


そんなクソ暑い中でも、「夏休み」だということで、人は旅行に行く。他人の旅行の手配をする倫子は、「夏休みだから休んでればいいじゃないか」と思って、外の暑さにげんなりする。

花蓮の結婚式は、十月十四日に決まった。連休の体育の日だと言われたが、ただ「あ、そうなんだ」と言う倫子には、なんの日か分からなかった。「こんな暑い時に、結婚式の日取りを決められる人間もいるんだ」と思った。おまけに花蓮は、有休とつなげて四日間の休みを取って、ぬいぐるみの熊と一緒にタイのプーケットへハネムーンで行く。

倫子はぐったりして、部屋で「婚活」のサイトを開いて見ていた——もちろん、寝転んで。

結婚難民を救ってくれるのは、婚活サイトだということになっている。「本当にそうなのかどうか」と思う前に、倫子はその手のものに近づかなかった。「それは、結婚出来ない女の近づくところで、私は結婚出来ない女ではない」と思っていたからだった。

おそらく、それは正しかっただろう。しかし、いくら待っても足掻いても、結婚相手は現れない――というより、足掻くにしたって、どう足掻いていいのかが分からない。それで倫子は、「私、まだそんな年じゃないと思うんだけど」と自分に言い聞かせながら、婚活サイトのドアを開けた。

まず倫子が驚いたのは、「入会金」なるものの高さだった。

どこを読んだらいいのか分からないものに焦点を合わせるのは、時間がかかる。昼の猛暑は夜も続いて、エネルギー浪費でぐったりしている上に、倫子の中には「うっかり気を入れて読んで騙されたらどうしよう?」という警戒心もある。あまり焦点が合わず、合わせようという気もないままにぼんやりとサイトを眺めていて、そのうちに「え!?」と気がついた。

「ウチは安いですよ」と言っているサイトの「入会金」のところには、「十万円を切りました」とある。そこには同業他社の入会金が表になっていて、それを確かなものとすると、どこも十万円以上の入会金が必要になっている。高いところじゃ十五万円を超している。更によく見ると、「月会費」というものもいる。それがどこでも一万五千円前後いる。「ウチは安いですよ」のところは一万円を切っているが、それでも毎月八千円以上がかかる。「そりゃ、お金は取るだろうな」と思ってうっかり見ると、小さな文字でよく分からないことが書いてある。分からないわけではないが、見ると「え？」と思う。そこの月会費は「コース」によって違うのだ。

一番月会費の安いコースでは、年間十二人以上の候補者を紹介するという。まだ切実感がなくて半分他人事の倫子には、これがよく呑み込めない。そこで少しばかり目を凝らして、ようやくそこのシステムが見えて来た。

そこは、マッチングを専らにする会社らしい。結婚相手の紹介を業務とする会社だから、紹介される人数によってその月会費は違う。そのことは分かったが、「ウチは安いですよ」と言っているところも、紹介される人数次第では月会費が一万五千円近くになってしまう。「ちっとも安くなんかないじゃないか。他と似たようなもんじゃないか」と思ってよく見ると、一番高いコースの紹介人数は「年に七十二人以上」になっている。

「七十二人てさァ、あなた――」と、ひとりごとの中で倫子は相槌を求めた。

「年に七十二人て、毎月六人じゃない？　毎月、六人の男と会うの？　そんな暇のある女が当たり前にいるの？」と思って、倫子は「三十過ぎの暇そうな独身女」を勝手にイメージした。自分のことを「まだ若い」と思う倫子は、勝手に「いるかもしれない」と思ったが、その内「そうじゃないな」と気がついた。

「会うんじゃなくて、〝こういう人がいますよ〟って、向こうが相手を紹介するんだ。そうか、〝このツアーはいかがですか？〟ってやってるウチと同じじゃないか。紹介された相手の中から会うかどうかを決めて会うんだから、〝月に六人〟というのは、そんなに多くないな」と、倫子は思った。思って逆に、「月に六人しか候補者を紹介しないのって、少なくない？」と思った。「ウチなんか、ゴタゴタ言う客に〝こっちはどうですか？　これはどうですか〟って、コチョコチョやってるもんな」と思って気がついた。

「ウチの紹介は無料《ただ》だし――」と。

「情報って、高いんだよな」と倫子は思った。

「ウチの旅行情報なんて無料だけど、人に関する情報って高いんだ。だって、毎月八千円かを払って、紹介してくれるのは、一年に十二人でしょ？　毎月一人紹介してもらうだけで八千円取られて、それが〝お安い価格設定〟だとして、婚活っていくらかかるのよ？」と思う倫子に、親切なサイトは「ウチなら年間で二十五万円をチョイ切りますね」と教えてくれていた。

他社との比較で「年間三十万超すのは当たり前ですから、ウチの設定はお得ですよ」と言っているのを見て、倫子は「あ、無理」と思った。客を獲得したポイント次第だが、倫子の年収は二百五十万の線でウロウロしている。その年収の十分の一を「出せ」なんて、とても無理だ。「だったら、自分で婚約指輪を買った方がいいわ」と、不思議な辻褄合わせをしたが、そう思ってまた、「あれ？」と引っ掛かった。「婚約指輪って、月収の三カ月分とかって言ってなかったっけ？」と、世間相場なるものを思い出した。「婚約指輪に七十万も出すの？」と、結婚に関するアマチュアで、そんなものを「もらいたい」とも思わなかった倫子は、首を傾げた。「花蓮はそんなのしてたっけ？」と思う倫子は、「私はいらないな」と思って、「結婚に関する金のかかり方」を改めて考えた。「そんなに男に出させるの？　大変じゃない？」と思って、「だからこそ女も婚活に三十万円出すのか――」と思った。その先は、「私には無理だな」だった。「これってやっぱり、私より年上の三十過ぎの女の人がやるもんなんだよな」と思って、「自分とは関係のない他人事だ」と落ち着かせようとして、すぐにまたびっくりした。「ずいぶんお高いのねェ」と思う若い女のために、「二十代限定」の格安プランがその先に表示されていたのだ。

「そうそう、やっぱりね――」と思って、画面をスクロールしていた倫子の動きが止まった。そこには「二十七歳以下の男女」と書いてあったからだ。婚活サイトの世界で「二十代」というのは、「二十七歳以下」のことだったのだ。

「え？」と思って、倫子の動きも息も止まった。「私、もう、二十代じゃないの？」と思って、そのまま硬直した。「不意打ち」とか「思いがけないショック」というのは、こういうものなのだろう。かろうじて、「これはなにかの社会的陰謀じゃないの？」と思いはしたものの、「私はもう二十代じゃないの？」というショックから、倫子は立ち上がれなかった。

またの日、倫子は勇気を奮って、再び婚活サイトを開いた。自分が何歳であるのかは別にして、「一体なんだってそんなに金がかかるのか？」を知りたいと思ったのだ。倫子は自身にも隠蔽しようとしていたが、「なにかの社会的陰謀」は既に倫子の中に、「お前はもう簡単に結婚出来る年ではないのだぞ」ということを刷り込んでいたのだった。「人に関する情報」に金がかかるのは確かとして、なんだってそんなに金がかかるんだろうと、倫子は探究心以上のものをもってサイトに向かった。

「人に関する情報」に金がかかるのではなくて、「人に関する情報を抱え込んでいる人達」が金を要求するから、婚活には金がかかるのだ。それでは、「人に関する情報を抱え込んでいる人達」は、なにによってお金を請求することが出来るのか？　ちょっと考えて倫子は、「あ、そうか」と思った。「情報を抱えている人達」は、「ご結婚が成立するまで、私達がお世話をします」と言っているのだ。だから、業者によっては「ご成婚料」というものを請求するところがある。「え!?　それってなに？」と思う倫子は、やっと自分のしていた勘違いに気がついた。倫子は婚活業者のことを、「出会いを演出するお見合いパーティの会社」だとばかり思っていたのだ。

「お見合いパーティに行ってマッチングを成功させればいいだけなのに、なんで〝紹介人数年間十二人〟なんてせこいことを言うんだろう?」なんてことを考えていた。「毎月六回のお見合いってなんなの?」とか。しかし、倫子の開いていたサイトは「結婚相談所」のサイトで、そこは「お見合いパーティを開く会社」ではなかったのだ。

「あなたのご希望のお相手の年齢は? 身長は? 体重は? 学歴は? 年収は? 職業は?」と聞いて、「それであなたの年齢は?」と来る。お互いの情報をマッチングさせるために集めた情報を持っているから、結婚を仲介する業者の料金は高い――業者自身は「いいえ、高くありませんよ」と言うだろうけれど。

そこで倫子は初めて、「自分はどんな相手と結婚したいのだろうか?」と具体的なことを考えようとした。

「やっぱり相手は、自分より背が高い方がいいのか? 年上の方がいいのか? 相手の年収はどれくらいあればいいのか?」と、おそらくは「どういう方をご希望ですか?」と言われた時に聞かれるであろう質問を想定して考えた。そして、驚くべき事実にぶつかった。姿を現さない、見えもしない相手に期待する、具体的な要望はなにもないのだ。

そこで改めて自分に気がついた。「そういう具体的な要望がないから、どういう相手と結婚したいのかを考えたことがなかったのだ」と。

倫子の考える結婚相手は、倫子の知っている男ばかりだった。「彼だったら、結婚相手になるかな？　ならないな」という考え方ばかりしていて、古屋倫子はそれまでに一度だって、「自分を幸せにしてくれる旦那様はこんな人」というシミュレイションをしたことがなかった。しなかった理由はいたって簡単なもので、「だって、会ってみなくちゃ、そんなの分からないじゃないよ」だった。

倫子が求めていたのが「お世話をします」の結婚相談所ではなくて、「会わなきゃ話にならない」のお見合いパーティであったのは、そのためだった。

「直接に会えば、私がもう二十七歳ではないということなど、なんの問題もないことだということは分かるだろう」と思って、倫子は「お見合いパーティのサイト」を探した。

七　婚活ではなく、就活かもしれない

そして倫子は、お見合いパーティに行った。

婚活のお見合いパーティのすごいところは、金のかからないところだ。入会金や登録料の類はない。もちろん、月会費だってない。「ここでやります」の告知に対して、「行きます」と申し込めばそれですむ。満杯でなければＯＫで、シネコンの映画並みに簡単だが、シネコンなんかよりすごいのは、その料金設定の低さだ。女は五百円で参加出来

たりする。

結婚相談所の料金設定の高さに馴れた倫子は「なぜ?」と思ってしまったが、考えてみれば簡単で、女の分まで男が料金を負担する。「結婚というものは男の犠牲によって成り立っている」ということが暗に言われていたり、あまりにも明白な前提になっているのだが、倫子は女だからそんなことを気にしない。ただ、「こんなに安くて大丈夫?」と思う。一応は思うだけで、「安いんだ」で納得してしまう。

ホームページには、複数の男と女が一対一で向かい合って座っている小さな写真が掲載されている。「あ、これこれ」と倫子は思った。

女が横一列になって並んで座っていて、そこに男達が順送りでやって来る。右から左へか、左から右へかは知らないが、椅子に座った女達は、食品工場の製品検査を担当するパートのオバサンのように、男達を確認して受け流して行く。「これだ、これだ。なんかで見たことがある」と思う倫子は、「行ってみよう」と思って、決めた。

男と女が向かい合って座っているそこには、ロマンチックな雰囲気がかけらもない。見て連想するのは、結婚式の映像ではなくて、就職相談の会場だ。それを見て倫子は納得した——「結婚に恋愛って関係ないもんね」と、人が聞いたら仰天するようなことを口にして。

お見合いパーティだからと言って、なんでもいいわけではない。いくつかの種類がある。限定のないオープンエアもあるが、「二十代限定」とか「二十代前半限定」「二十代後半限定」「二十代後半と三十代前半」という規制のかかったものもある。二十代の中に線引きがあるのは仕方がないとも思うが、しかしここには「二十八歳は二十代ではない」などという不埒《ふらち》な規定はなかった。倫子は「もちろんだ」と思った。

「私はどこに行くかな？」と、少し倫子は考えた。「やっぱり、二十代後半と三十代前半というのが妥当じゃないかな？」と、ついに具体的なことを初めて考えた。

うっかり見ていると、婚活パーティには「高学歴高収入の男性限定」というのもある。「どんなのが来るの？」と思う倫子は好奇心をそそられて、「行ってみようかな？」と思った。思ってしばらく考えて、「もしかしたら白戸って、高学歴で高収入のエグゼクティヴなの？」と思った。

白戸は「一流証券会社の社員」だし、三十で部長から「課長にしてやる」と言われたんだそうだから、たとえまだ課長になってはいなくても、ヤングエグゼクティヴ系の人なんだろう――そう思って、「白戸であ
あだから、婚活パーティに来るハイクラス男はこわいな」と思った。

倫子の行ったところは、新宿の高層ビルの低層階のちょっと上の方にあるラウンジル

ームのような場所だった。

五百円の参加料だから、食べ物はおろか飲み物も出ない。受付で本人確認の書類を出して参加者登録を受ける。車がなければどうにもならないという地域に生まれ育った倫子は、学生時代に車の運転免許を取っていたが、それではなくてパスポートを見せた。やっぱり、旅行会社の社員だから。

五百円と引き換えに、自分で書き込むための「プロフィールカード」なるものと、胸に付ける番号札を渡されて、「ボールペンはお持ちですね？」と確認された。「身分を証明する公的書類と筆記具は持って来い」と、あらかじめ言われていた。筆記具を忘れると、更に追加でボールペンを百円で買わなければならない。婚活なんだか、免許証の交付なんだかは分からないが、それに倫子が疑心を抱くことはなかった。不必要な飾りめいたものがないことが、ロマンチストではなく実際的人間の倫子を安心させた。

女は壁際の席に座らされて、プロフィールカードに自分のことを記述させられる——年齢とか職業とか学歴とか、相手に望むこととか、自己アピールとか。

胸に番号札を付けた男達が向かいの窓際に一塊になっていて、男よりも女の視線が気になる倫子は、「二十代後半と三十代前半組でよかった」と思った。「ここに二十代前半の女はいない」と思うと、それだけで落ち着く。なんとなく無意味に「負ける気はしない」と思う。

婚活パーティのどれをセレクトするかは、それほどむずかしい問題ではない。仕事の都合があるから、夜の七時を過ぎないと倫子は参加出来ない。そのためにわざわざ休みを取ろうとは思わないから、その時間に合うものにすればいい。「何を着て行くのか?」も、「会社の帰りだから」と自分に言い訳がつけば、そう面倒なことにはならない。

八月も終わりに近い、まだまだ暑い頃だった。オフィスでのグリーンのポロシャツを脱いだ倫子は、白のノースリーブのデコルテ周りにレースの入ったブラウスと、おとなしげなモスグリーンのセミタイトのスカートでやって来た。「どうせ冷房だから」と思って、水色のサマーカーディガンも持って来た。

婚活パーティとかお食事会とかいうのになると、若いOLはみんな薄いショールをまとう。それがいやなのでカーディガンを持って来たのだが、「これって勝負服じゃないし、こんなのでいいのかな?」という不安はどこかにあった。でも、二十代後半の女達と一緒に「免許交付場」にいると思うと、「負けないね」という気は湧いて来る。

問題は、その「勝ち、負け」なのだが。

「試験官が笛を吹いた」というわけではなく、ナヴィゲーター役の女に言われて、男達が席を立つ。女達が空いた席を埋めて行って、男達が一人ずつその向かい合った席に座る。倫子の胸の番号は「16」だった。

　結婚をしているのか未婚なのか不明の黒いスーツの女性ナヴィゲーターが、段取りを説明する——「お互いプロフィールカードを交換されて、一対一で三分間ずつお話し下さい。三分が過ぎましたら、男性の方は席を左に移動していただきます」と。椅子は、部屋の中をグルリと一周するように置かれた「座ったままのフォークダンス形式」なので、「すみません、左端の人間はどうすればいいのでしょうか？」などと愚かな質問をする者はいない。

　既に倫子の前に男は座っている。座ったまま黙っているのが、ナヴィゲーター役の「お話し下さい」の声で、一斉に話が始まる。「始まるまで問題用紙を開かないで下さい」の試験会場と同じだ。

　まずは「よろしくお願いします」で、二人用のテーブルに置かれたプロフィールカードの位置が変えられる。なにかのカードゲームのようなものでもある。

「二十八ですか？　お若いですね」と、倫子の差し出したプロフィールカードを見た男が言う。

「そうですか？」と言って倫子が軽く微笑《ほほえ》むと、男は「旅行会社へお勤めですか？」と言う。「そうです」と言って、「そう書いてあるものを〝事実か？〟と聞き直してどうするんだ？」と思う。

目の前の男は「三十一」だそうな。「食品会社勤務」と書いてあるが、困ったことになんの関心も湧かない。せめて「どういう会社なんですか？」と聞いてやるべきかとは思ったが、その前に男は「旅行がお好きなんですか？」と聞いて来た。

「よくある間違った質問」とは思うが、テーブルを挟んで男と向かい合うと、「お客様の相談に答える接客業の女」になってしまう。

「もちろん旅行は嫌いではないんですが、勤務の関係でなかなか休暇が取れないんです」と言ってやると、「そうなんですか」と言って、「僕は旅行が好きなんです」でもなんでもなく、旅行の話はそれきりになった。

「僕は、弟が一人いるんですが――」と男は話し始めたので、倫子は「はい」と聞いていた。

「弟が一人いる三十一歳の食品会社勤務の男」は、さして問題があるとも思えない「家族」の話をしていて、倫子が「だからなんなんだろう？」と思っている間に、笛は鳴らず「三分間が過ぎました」という女の声がして、「じゃ失礼します」と左の方へ去って行った。きっと、初めての相手だから上がっていたのだろう。

　次の男は、前の男と違っていた。違う男が来たからそれは当たり前だが、ただ「違う」というだけで、「どう違うのか」を説明する言葉が倫子の中にはなかった。前の男が「四角」なら、今度の男は「長四角」というようなもので、「違う男」以外には分からなかった。なぜそうなるのかと言えば、どちらの男に対しても倫子には関心が生まれなかったからで、二番目の男が自分の話をしている間に、その隣にいる「次にやって来る男」をチラリと見て、「次はこれなのか」と倫子は思った。

会場には、よく分からないが三十組くらいの男女がいる。一組三分としてこれが一周するには九十分かかる。「その間、ずっとこうして待ってるのか」と、倫子は思った。「遅番の勤務か」と思えばいいようなものだが、ここの「お客様」は三分で立って行く。「三分」というのは、長くて短い。じっとしているのには長くて、そう思っている間に男は立ち上がって移動するから、慌ただしくて短い。短いということが分かっているからなのか、やって来た男はためらうことなく――あるいはためらいながらも話を始める。だから、時々わけの分からないことを言う男もいる。

目の前に座るや否や、「僕のことどう思います?」と言った男がいた。髪の毛先がオシャレ風にはねている。「いきなり〝どうですか?〟って言われてもなァ」と思って男の差し出したプロフィールカードを見ると、職業は「ホスト」ではなくて、「小学校教員」だった。

「小学校の先生なんですか?」と倫子は言って、アパレル関係のような雰囲気の男は「そうですよ」と、自慢気に胸を反らした。

男は別に、倫子に気があったわけではないらしい。「自分がいかに一般的な教師のイメージとは違って、いけてるトレンディな存在であるか」を一方的にアピールした。「トレンディね――」と思う倫子は、「私が教師の娘だって言った方がいいのかな」と思ったが、「三分がたちました」で、男は隣へ行ってしまった。

「三十代前半」の男には二種類がある。若く見えるのと、若く見えないのとで、七対三の割合で「若く見える」がいる。「見える」の方が七で、「ウチの会社の男性社員て、もしかしたら平均値なのか」と思った。

男の八割はサラリーマン、公務員で、自営業は二割ほどだったが、「ホテル勤務」という小肥《こぶと》りの男は、「いずれ実家へ戻って旅館を継がなければならない」と言って、「旅館経営に興味はありませんか?」と尋ねて来た。

「旅館て、大きいんですか?」と尋ねると、ちょっと考えるふりをして、「それほど大きくはないんです」と言って、「でも、創業八十年で、古くからある旅館なんです」と続けた。場所は山形県で、国内ツアー担当の倫子は、「知ってます」と言った。丸顔で、テラテラの顔を赤くした男は、「知ってますか?」と言って、身を乗り出すようにして来た。

「知ってますけど、知ってるだけで、行ったことはないんですよ」と、倫子は冷静に押し戻すようにして言った。

胸に「21」番を付けた高根沢《たかねさわ》という男は、赤い顔を汗だくにして、「来て下さい。一度来て下さい。いいところですから。案内しますから」と言って、ズボンのポケットからハンカチを取り出すと、顔中の汗を拭いた。汗を拭きながら、三分間「いかにそこはいい温泉地か」をアピールして、最後にもう一度、「是非来て下さい」と言って席を立った。

「結構、本気じゃない」と、倫子は思ったが、彼をどうするかよりも、「いきなり汗だくでやって来られても困るだろうな」と、隣の席の女の心配をした。

「座ったままのフォークダンス」が一巡して終わると、三十分のフリータイムがやって来る。「自由に席を移ってご歓談下さい」とは言われたが、倫子には格別話をしたい相手もいない。九十分の衝撃に疲れて椅子にぼんやりしていた。

どうやら倫子は「中の上」くらいの存在らしい。誰だったか分からないが、胸に「27」の番号を付けた男がやって来た。「よろしいですか？」と言うのに「どうぞ」と言って、ふと見ると、いきなり「僕のことどう思います？」と言った小学校の教員は、立って男達の方へ歩いて行く女の中でも一番若く見える女のところへ、寄って行った。

「やっぱりね」と倫子が思っていると、「27」番の男の後ろから、創業八十年の温泉旅館の「21」番が顔を出した。

「来た――」と倫子は思った。

「21番は嫌いか?」と言われれば、まァ、嫌いではない。自分のどこが温泉旅館の嫁に向いているのかは分からないが、高根沢の言わんとするところが「僕と一緒に旅館を継いで下さい」であるだろうことは、簡単に推測出来る。「温泉旅館の若女将《わかおかみ》になるのはいやか?」と問われれば、そういやでもない。一考の余地はあると思う。でも「27」番の横で一歩引いて、どうでもいい「27」番の男の話を聞いてうんうんと頷きながら、「僕の番はまだかな?」と額の汗を拭っている様子を見ると、「もっと前に出なさいよ」と言いたくなる。「あんたがしなくちゃいけないのは、よその男の話を聞くことじゃなくて、自分の話をすることでしょ」と言ってやって、「もっとしっかりしなさいよ」で終わりそうになる。

「27」番の話が一段落して、やっと「21」番の出番になった。高根沢が「ご出身は、東京ですか?」と聞くので、「あ、千葉です。九十九里の方」と倫子が言うと、今度はまた胸に「8」番を付けた男が、自分から椅子を引いて来て、男達の横に座った。「三対一だ」と思ってしまった倫子は、当然旅館の息子の話を聞いていない。そして、男達が固まっているのを見て、別の男達もやって来る。新しい男がやって来ると、古い男は去って行く。「ワンコインでこの感覚は悪くないな」と思っていて、ふと見ると旅館の息子はまだそこにいる。

「一体、私のどこがいいのか分からない」と倫子が思っている内、「フリータイム終了」のアナウンスがある。そして、成立したカップルの発表がある。

改めて全員に「メッセージカード」なるものが渡される。そこに気に入った相手の番号を書き、メッセージも書く。気に入った相手がいなければ、そこに「いません」と書く。倫子はもちろん「いません」と書いた。

ヴァラエティ番組ではないので、カップル成立は場内にアナウンスされない。出口のところで一人ずつ封筒を渡されて、「カップル成立」はその中に書かれている。学期末の通知表のようなものだ。

番号順に呼ばれて、カップルが成立するはずのない倫子はそのまま出ようとして、係員に「メッセージカードがございます」と呼び止められた。

「よもや——」と思うと、案の定「21」番の温泉旅館の息子だった。「もう一度会っていただけませんか」と、電話番号とメールアドレスが書いてあった。

もちろん、悪い気はしない。悪い気はしないが、倫子の胸の内は「でもね」でしかない。

「温泉旅館で若女将として働く」というのだったら悪くはない。「彼がそこにいても、別に不都合はないかもしれない」とは思う。しかし、「汗だくでおどおどした彼と結婚して一緒に温泉旅館をやる」ということになると、なにか違う。なにが違うと言って、やっぱり婚活は婚活で就職活動ではないのだと、倫子は思う。

「これで、結婚と就活が同じものだったら、いっそ割り切ってさばさば出来るのかもしれないな」と、夜の道を帰りながら思った。

八　レタス畑へ嫁に行く

九月になって、倫子はもう一度お見合いパーティに行った。まだ暑かったからかもしれない。結果がどうなるかは薄々分かってはいたが、もう一度「三十代前半」を相手にするパーティに行った。

「いたらどうしよう？」とは思ったが、創業八十年の温泉旅館の息子で現在はビジネスホテルのホテルマンの高根沢はいなかった。彼もいなかったが、同時に倫子がピンと来るような男もいなかった。

倫子はもう「私が高望みをしているからだ」とは思わなかった。「ピンと来ないものはピンと来ないんだからしょうがないじゃない」と思った。「会えば分かる」と思ってはいたが、会ってその顔を見て分かったことは「ピンと来ない」ということだけだった。

「一体私は何を求めてるんだろうか？」と、倫子は思った。ただ「結婚相手」を探していただけなのに、自分はなにかもっと別のものを探しているような気がして来た。

十月になれば、花蓮の結婚式がある。「来てね」と言うから、「私、婚活パーティに行っちゃった」と、倫子は花蓮に白状した。

「どうだったの？」と、間を置かずに花蓮は言った。

「全然――。もてないわけじゃないんだけど、ピンと来る人っていないのよ」と言うと、花蓮は「そう――」と言った。そのまま沈黙が続いて、倫子はパーティの長くて短い三分間を思い出した。

花蓮は倫子を慰めるように、「結婚式の二次会って、私や鴨志田くんの友達もいるから、相手って見つかるかもしれないよ」と言った。「結婚式の二次会」というのは、合コン以上に確実な、出会いの場ともなりうるのだ。

花蓮の手前、倫子は「そうか――」と明るい声を出して、声ばかりは明るかったが、目は半分眠っていた。最早「ピンと来る」ということがよく分からない。ただ「付き合う」だけならともかく、「結婚相手を探す」というのがどういうことなのか、倫子には分からなくなっていた。


十月になって、ようやく秋らしくなった。部屋で倫子は、「花蓮の結婚式になにを着てこう？」と考えて、ぼんやりとテレビを見ていた。それは多分、天啓のようなものだったろう。テレビのニュース番組は、「食える農業」という特集をやっていた。

信州の山の中のレタス農家が取り上げられていた。倫子は思わず、録画スイッチを押した。

青い空が一面に広がっていた。踏めば柔らかいと分かることが一目瞭然の黒い土がその下に広がっていて、そこに整然と緑のレタスが植えられていた。黒い大地と青い空が一つになる先には、もう雪を置いたように見える山並があった。

どこまでもレタス畑が続いて、そこに座った人間が手で作業をしていた。畑の畝《うね》の間に座って、レタスを一つ一つ摘み取っている。広い畑に何人も出て作業をしている。

倫子は、そこへ「行きたい」と思った。レタス産地として有名なその村は、出荷や市場での値動きをしっかりと管理調整をしているから、農業だけで経営が成り立つのだと言っていた。だからこそ、嫁も来ると。

「そこの嫁は、都会地の出身も多い」と言っていた。高地のことで、農作業は十月一杯で終わる。村の青年団は、その後になって婚活パーティを開催すると。

倫子はすぐに「行く！」と言った。「あの黒い大地の上で体を動かしたい」と思った。「あの黒い土の上にしゃがんで、緑のレタスを一つ一つ摘み取りたい」と思った。

土の上で立ち上がって、その上には人を妨げるなにものもない。ただ青い空がある。その下で体を動かしたいと、倫子は思った。

生まれて初めて突発的に――「もしかしたら自分のことだから初めてではないかもしれない」と思いながらも、倫子は「あそこへ行こう」と思った。

「私はあそこで嫁になる」と思って、倫子の心は決まった。

「私は結婚出来る。私の相手はそこにいる」と思って、花蓮の式の三日前、倫子は唐突に信州へ向かった。

高原の小さな駅舎を出て、舗装のされていない小石まじりの土の道を踏みしめて歩きながら、「私は結婚出来る！」と、倫子は確信していた。

参考文献　河合蘭『卵子老化の真実』（文春新書、二〇一三年）

解説

香山リカ

「人はなぜ結婚をするのだろう？」とこの物語の主人公、二十八歳、大学卒、旅行会社正社員の倫子《りんこ》は、結婚へと向けたいろいろな取り組み、いまでいう婚活を進める中でふとそう思う。

いますぐ子どもがほしい、というわけではない。この人とかたときも離れていたくない、と思う恋人がいるわけでもない。正規雇用なので生活にも困っていない。そうなると、「なんとしても結婚したい」と前のめりになるモチベーションがとたんに下がってしまうのだ。

そうでしょう、そうでしょう、と私はうなずく。

私も実は、法的な結婚は一度もしていない。その最大の理由も「なんとしても結婚しなくては」と思えなかったからだ。実は結婚スレスレ、みたいなこともあったが、相手の母親から「入籍したらもちろん、ウチの名字になってくれるのよね？　息子がそちらの名字に、というのはちょっとね……」と言われ、「正式な結婚ってそういうことか」

と実感して怖《お》じ気《け》づいた。「名前なんてどっちでもいいんじゃないの」と言われたら、「あ、法的には夫の姓、でも仕事では旧姓を使うつもりですー」と気軽に入籍もできたのかもしれないが、「ウチの名字」という言葉につい、「いや、私、そちらのウチに組み込まれるわけじゃないんで」とネガティブな反応をしてしまったのである。

そんな小さなことでいちいち気色ばんだり「じゃ結婚なんてしなくてけっこう」と思っていたりしては、結婚なんてできるものではない。とはいえ、「私もお義母《かあ》さまと同じ姓になるんですね。ふつつかものですが、そちらのご一族の末席で一生懸命、嫁として努めさせていただき……」などと、心にもないことを笑顔で語ってまで結婚したいとも到底、思えない。「こちとら仕事だってしてるんだし、結婚などしていただかなくてもケッコウ」と啖呵《たんか》を切って、クルリと後ろを向いて花嫁の席から立ち去る……。私はそんな人生を送ってきたのである。

倫子はまだ二十代だから、そこまでやさぐれていない。同僚で親友の花蓮《かれん》と会社帰りになじみのイタリアンの店でワイン片手に、「卵子は三十五歳をすぎると老化するらしい」とおしゃべりをしながら「結婚をする以外にない」「結婚て、どう考えてる?」といった気分になるのだから。とはいえ、いざそう思ってこれまでつき合ってきた男のことなどを振り返ってみても、いまひとつ結婚へのモチベーションが高まらない。やはり倫子の中でも、いつの間にかそれなりに結婚へのハードルが上がっていたのだろう。

だからこそ「人はなぜ結婚をするのだろう?」という、ある意味、哲学的な問いへとつながるのである。

では、以前はどうだったかというと、昔はみんな結婚していたらしい。倫子はそれにも気づく。倫子は物静かな老夫婦や騒々しい既婚女性の姿を見てしみじみ、「日本のどこにでも、『どうしてこの人達は結婚出来たの?』と思えるような中高年女は氾濫しているのだ」などという感慨を抱く。

ちょっと統計で確認してみよう。国の統計では、「五十歳時点で結婚していない人の割合」を「生涯(五十歳時)未婚率」と呼んでカウントしているのだが、その数字は近年、急上昇している。たとえば一九八〇(昭和五十五)年の生涯未婚率は「男性二・六%、女性四・五%」だった。つまり、五十歳になるまでに男性も女性も九五%以上が結婚していた、ということだ。

ところがそれが二〇〇〇年には男性一二・六%、女性五・八%となり、最新の二〇一五年の調査では男性二三・四%、女性一四・一%までになっている。今後も上昇は続くと見られ、それでもいまはまだ「結婚しない方が多数派」とは言えないが、間もなく「三人にひとりは結婚歴なし」に近づくと考えられている。

おそらく「九五%以上が結婚」という「皆婚社会」では、人は中学を出たら高校に行くかのように二十代になったら結婚していたのだろう。高校進学と同じと考えれば、

「結婚するかしないか」「するとしたら二十代か三十代、はたまた四十代か」といった問いも、もちろん倫子のように「人はなぜ結婚をするのか」などといった哲学的な悩みもなかったのも理解できるのではないだろうか。

ここでふと我が身を振り返ると、一九六〇年生まれの私も倫子や花蓮の母親と同世代で、年齢的には「皆婚世代」のひとりといえる。しかし、言い訳めいてしまうが、私が二十代後半になった頃は、「皆婚社会」とはいえ、そこにはかなりの自由も認められるようになっていた。つまり、結婚のあれこれについてウルサくなくなっていたのだ。作品から引用しよう。

「『女の結婚適齢期』というものは、ジリッジリッと引き上げられて行った。二十四、五歳の適齢期が二十五、六歳になり、一九八〇年代になると『結婚適齢期』というものが無効になってしまった。『結婚適齢期というのは、働く女を職場から追い出そうとするいやがらせか！』という声が働く女達の間から上がるようになった」

私は一九八六年、まさに男女雇用機会均等法が施行された年に社会人になった。もちろんまわりには二十代で結婚する同級生もいたにはいたが、だからといって「次はあなたね」とか「あなたも早くしないとウレノコリになるよ」といった言い方は、ある意味でいま以上に禁忌となっていた時代だったともいえる。これまた作品にあるように、結婚は急速に「するもしないも自由で、いくつでするのも自由」へと変容していったのだ。

若干、負け惜しみ気味に聞こえるかもしれないが、その中で「じゃ、しない自由を選ばせていただきます」と最先端を行ったのが私、とも言えるかもしれない……。

結婚について「なぜするのか」と哲学的な問いにとりつかれ始めていた倫子は、何の疑問もなく自分の兄と結婚し、娘を出産した兄の妻を観察しながら、こんなことを思う。これもなかなか文学的なセリフだ。

「人はなんで結婚が出来るのかというと、それはきっと、結婚が特別なことではないからだ」

そう、「結婚とはなんぞや？」「人間とは結婚する生きものなのか？」などと思索の迷宮に入ってしまうと、人は結婚できなくなる。それよりも、義姉や結婚を決めた友人のように、現実的なものとして結婚をとらえ、「どうってことないわよ」「そういうものはそういうもの」と考えられる人が結婚できるようだ。倫子はそんな答えをつかみかける。そして、ようやく深く重く考えるよりも、もうちょっと気軽に具体的、現実的な行動に出てみよう、と心を決めることができるのだ。

ただ、いまはまた状況が少し変わっているようである。

つい先日、二十代の未婚女性たちと話す機会があったのだが、彼女たちは婚活にとても積極的で、「結婚したい」「早くしなきゃ」と繰り返していた。その人たちも倫子と同じ正規雇用の会社員で、スポーツ、英語など趣味や習いごとを楽しみ、メイクやファッションにも敏感でセンスは抜群。それでも倫子のように「結婚しなくてもいいかな」「何のために結婚を?」と迷宮に足を踏み入れてもいいはずなのに、そうならずに「結婚しなくちゃ」と確信しているのだ。

どうして、〝令和〟を生きる彼女たちは結婚することに迷いがないのか。

実はその理由のひとつが、写真をメインに投稿するスタイルのSNS「インスタグラム」のようなのだ。「インスタで誰かが、結婚が決まりました、と婚約指輪をつけた写真を載せたりしてる。あー負けたって思う」「そうそう、その彼氏の写真と勤務先なんか出てると、それよりスペックの高い相手をゲットしなきゃ、って燃えるよねー」と盛り上がる彼女たちを見ながら、「ああ、SNSが結婚の意味を根本的に変え、ハードルをものすごく下げている……。結婚が仲間うちの競い合いの手段になっているんだ。この状況を橋本さんが知ったらどう思っただろう」と私は心の中で考えていたのだった。

二〇一四年に本作を書いた著者は、本年(二〇一九年)一月に七十歳で世を去った。おそらく執筆中にはまだいまほどインスタは普及しておらず、だからこそ倫子や花蓮は「結婚どうする?」「した方がいいかな? いいよね? でも……」と迷いながら、おずおずといまの恋人との結婚を想像してみたり、新たな相手を求めてみたり、ときにはやっぱりやめておこうかなと結婚の前線から撤退しそうになったりしているのだ。

でももしインスタがあって、そこで彼女たちの同僚や同級生が「昨日、彼氏と海の見えるレストランへ。そしてついにプロポーズ！」などと海を背景にダイヤの指輪をはめた写真をアップしたとしたら……。

いやいや、それでも自分の人生にまじめに向き合おうとする倫子なら、「結婚って競い合いなんかじゃない。もっと一生のものであるはず」と思うはず。それともやはり、「悔しい！　じゃ私はディズニーランドでのプロポーズを目指すぞ」とレースに参戦することになってしまうのだろうか。

倫子や花蓮、そして私たちにとって永遠のあこがれ、永遠の謎である結婚が、ＳＮＳ時代には「ちょっとした現実」になっていくのかどうか。ＳＮＳ時代の結婚についての物語、『結婚　パート２』がもう出ないのはとてもさびしいことだが、それを紡ぎ出すのは私かもしれない。あるいは、いまこの物語を読んだばかりのあなたかもしれない。

（かやま・りか　精神科医）

本書は、二〇一四年七月、集英社より刊行されました。
初出誌　「すばる」二〇一四年一月号〜三月号

橋本　治の本

夜

加那子の父はかつて、外に女を作って蒸発した。だが彼女が選んだ男もまた、自分と娘を捨てて出て行く——「暮色」など全五編収録。男と女の間に横たわる大きな隔たりを描く著者意欲作。

橋本　治の本

幸いは降る星のごとく

ときは一九九〇年代前半、〝女芸人ブーム〟前夜。時代によって作り出された〝女芸人〟の先駆者となる四人の女性の悲哀と幸福とは。時代を切り取る名手による長編小説。

橋本　治の本

バカになったか、日本人

日本は〝初めに結論ありき〟で〝重要な議論を放棄する〟国になってしまった。我々が知性と思考力を取り戻すにはどうすればいいのか。この国の未来を憂う全ての人へおくる辛口時評集。

集英社文庫

集英社文庫

結《けっ》　婚《こん》

2019年7月25日　第1刷　　定価はカバーに表示してあります。

著　者　橋本《はしもと》　治《おさむ》

発行者　徳永　真

発行所　株式会社　集英社
東京都千代田区一ツ橋2-5-10　〒101-8050
電話　【編集部】03-3230-6095
【読者係】03-3230-6080
【販売部】03-3230-6393(書店専用)

印　刷　大日本印刷株式会社

製　本　大日本印刷株式会社

フォーマットデザイン　アリヤマデザインストア　　マークデザイン　居山浩二

ISBN978-4-08-744001-0 C0193